吴清缘

著

# 晓

**The Breaking of Dawn**

江苏凤凰文艺出版社

**图书在版编目（CIP）数据**

破晓 / 吴清缘著. -- 南京 : 江苏凤凰文艺出版社, 2025.8. -- ISBN 978-7-5594-9953-0

Ⅰ. I247.5

中国国家版本馆CIP数据核字第20253QS370号

# 破晓

吴清缘　著

| 出 版 人 | 张在健 |
|---|---|
| 选题策划 | 李　黎 |
| 责任编辑 | 李珊珊 |
| 特约编辑 | 王　璠 |
| 责任印制 | 杨　丹 |
| 出版发行 | 江苏凤凰文艺出版社 |
| | 南京市中央路165号，邮编：210009 |
| 网　　址 | http://www.jswenyi.com |
| 印　　刷 | 苏州市越洋印刷有限公司 |
| 开　　本 | 787毫米×1092毫米　1/32 |
| 印　　张 | 9.125 |
| 字　　数 | 160千字 |
| 版　　次 | 2025年8月第1版 |
| 印　　次 | 2025年8月第1次印刷 |
| 书　　号 | ISBN 978-7-5594-9953-0 |
| 定　　价 | 58.00元 |

江苏凤凰文艺版图书凡印刷、装订错误，可向出版社调换，联系电话：025-83280257

# 目录

破晓      001

番外篇：薄暮      241

破晓

# 滚雷

玩得正好和玩得过火之间，往往只有一线之隔。

当那个粉红色的数据包跳出来的时候，滚雷就知道自己玩过界了。作为一名业界小有名气的网络牛仔，他摸进埃索伦公司的数据库最初只是因为好奇。新公司，是由顶级跨国财阀成立的联合集团。公司名称"埃索伦"取自凯尔特传说中的太阳神。平时明争暗斗的跨国财阀居然冰释前嫌，要合作建设一个前无古人的商业项目——一个被命名为戴森球的包裹太阳的球形结构，用来截获太阳的大部分辐射能量。

滚雷所知道的信息就只有这些。自埃索伦公司成立后，其对外披露的商业细节极其有限，加起来写不满一张A4纸。这就是滚雷觉得有猫腻的地方：埃索伦公司的戴森球计划多多少少瞒着一大堆事儿。所以，如果他能从埃索伦公司的数据库里找到点什么东西，然后把它们扔到网络黑市上，多半能为自己挣点儿钱。

所以他就摸了进去，摸进了埃索伦公司的秘密数据库。没他想象中那么难，但层层叠叠的高级防火墙还是把他忙得够呛。在整个过程中，他不断提醒自己必须浅尝辄止。找到点东西就立马跑路。对于那些不太重要的情报，大公司一般不会计较。甚至有时候，被动披露的商业情报是大公司的一种公关手段。但他必须小心谨慎，千万不能过界。如果他摸到了什么特别了不起的情报，那么大公司会追杀他到天涯海角。不过，这些尽人皆知的道理最终都得归结于网络牛仔圈里盛传的都市传说。大概在二十多年前，有一个绰号"牛角"的网络牛仔从麦拉奇公司的秘密数据库里发现一大堆加密等级达到 AAAAA+ 级别的秘密情报。深知兹事体大的"牛角"当即销毁了所有浏览记录，连夜把电脑硬盘敲成了一大堆碎渣。但他仍旧死于第二天清晨。在他完好无损的皮肤和肌肉之下，所有内脏都变成了黑色的粉末。

时过境迁，"牛角"的故事已不可考，而每个牛仔其实都有点期待自己真的能玩过界。自从有计算机以来，死于玩过界的牛仔也就只有"牛角"而已，如今很多人都不确定这个家伙是否真的存在。假如"牛角"的故事是哪个好事之徒随口瞎编的，那么这就说明玩过界也不是什么大事儿，而自己将会成为活着的传奇。

于是滚雷就玩过界了——虽然在此之前，他一直玩得刚刚好，并且有诸多急流勇退的时机。在翻过了两道防火墙以后，他找到了点东西，一些关于戴森球工程的技术细节：碳纳米平面体，石墨烯，磁力约束器，环日能量收集网……还有，他们把这颗戴森球命名为"曙光号"。他对于这堆东西毫无兴趣。不过，他能确定，在黑市上，它们肯定能值个好价钱。未来他也可以向同行吹牛，自己黑进了埃索伦公司好几道防火墙还能全身而退……那么自己的虚荣心也就得到了极大的满足。

然而，在这种情况下，唯独没有得到满足的是他的好奇心。他还是想知道更深层的秘密。技术细节不算什么特别了不起的情报，再说那些图纸和方程他压根就看不懂。所以他就往更深的地方摸了进去。一道防火墙，又是一道。更多的情报跳了出来：心智网络，人造人，基因工程。这些和戴森球有什么关系？他喝光马克杯里的咖啡，又点起一支烟。撤吧，自己知道得已经够多了。然后他又翻过了一道防火墙。拜托……别过火，千万别。然而他的双手又输入了三行命令。

回车。

随后那个粉红色的数据包就跳了出来。鲜艳的粉色证明它是一个 AAAAA+ 级别的数据包。这意味着他终于过界了。不，只是微微过界。他可以不打开它，当作什么事情都没有发生，随后断网，清空浏览记录。抽完这支烟，睡觉。他看了一眼时钟。凌晨两点三十七分。若有若无的猫叫声从窗外传来。是个平平无奇的凌晨，和过去的数千个凌晨并没什么两样。这就是他妈的人生。滚雷掐灭了烟，才意识到自己刚刚点着。人生里那些意义重大的瞬间，总是伪装成了稀松平常的模样。

光标移动，双击。咔嗒两声。层层叠叠的窗口跳了出来。数据包被打开，里面的文件被自动保存到本地。那根没抽的烟从滚雷的指尖掉了下来。兴奋，难以言喻的兴奋。一口未抽的烟被自己踩在脚下，但滚雷却能感觉到尼古丁正顺着鼻腔涌入颅腔，在自己的大脑皮层氤氲环绕。和兴奋一体两面的是恐惧。他的手指在颤抖，胸口一阵一阵地痉挛。他想起自己小时候看恐怖片，明明怕得要死，但愣是要继续往下看……现在他的感受和当年如出一辙。

他已经彻底玩过界了。如果刚才只是过界那么一丁点的话，现在便是离界线十万八千里了。他会步"牛角"的后尘，绝对。前提是"牛角"的故事真实发生过。他把数据包拷贝到所有便携式硬件设备中：五块移动硬盘、七块闪存和三张光盘。接着犹豫着是不是要在自己的私密网盘里也留个备份。

然后他就断网了。被断网。有什么东西掐掉了他和网络之间的连接。路由器仍旧在正常工作，移动热点的设置也没有任何问题，但他就是没办法联网，而这大概率是因为病毒攻击。他逐一排查了所有运行中的进程，却找不到任何异常痕迹。任何一个经验丰富的黑客都明白，这种不留痕迹的手法只有大公司才做得到。所以眼下就是这么个情况——自己摸进了大公司的数据库，而大公司反过来摸进了自己的家门。唯一的区别是后者没有留下半点痕迹。

冷静，冷静，冷静。滚雷深呼吸，三次。"牛角"最愚蠢的地方在于他干了这一票之后居然就去睡觉了。而现在自己要开溜。他把那些移动硬盘、闪存和光盘装到一个包里，推开门，在离开之前看向自己朝夕相处的房间。锈迹斑斑的铁床，被一大堆凌乱的设备环绕着。马桶和声波淋浴设备被固定在墙脚。墙上的霉菌像是勾勒出了某种超现实的平面艺术。没什么好留恋的。滚雷对着房间说，我走了，祝我好运。

他的车停在楼下，一辆饱经风霜、沾满鸟粪的二手摩托车。他翻身上车，按下点火开关，扭动油门。摩托车启动了几秒钟，随后熄火。仪表板上显示着一堆乱码。大公司顺着联网导航系统黑进了他的摩托车。随后他掏出手机和信用芯片，手机屏幕和芯片的微显示器上都是一片的乱码洪流。没有数字支付，他连公交车都坐不了。而大公司的人正在路上。

这么看，自己必死无疑。

随后他就有了新的计划，置之死地而后生的计划。在他家后面的小巷里，有很多家黑网吧。随便拐进一家，用自己包里的移动存储器抵押上网时长，然后找到一台电脑，拔掉网线，防止大公司摸进来，随后播放数据包里的录像。接着他会大声嚷嚷，自己搞来了大公司的AAAAA+级机密。肯定会有人放下手里的游戏跑过来看。对这帮通宵玩乐的家伙来说，公司八卦显然属于他们夜生活的一部分。除非大公司能在一夜之间杀掉网吧里的所有人，否则第二天全世界都会知道埃索伦公司建造的戴森球到底是什么性质的买卖。

当滚雷冲进这家叫作"六月夜"的黑网吧时，他已经上气不接下气了。他费了好大的劲儿才跟前台讲明白自己的数字支付系统出了故障，浑身上下又没有现金，所以打算用三块移动硬盘加一块闪存抵押上网费。前台欣然同意。他在大厅里选了一台电脑，开机。然后就觉得周围的气氛变得不对劲儿。所有人都在朝着自己看，眼神古怪而凶恶。

然后他看到，所有已经开机的电脑显示器上，都浮现着自己这张略带浮肿的脸。

七颗子弹同时穿过滚雷的身体，那一刻他才想明白是怎么回事。古老的行业：悬赏和赏金猎人。埃索伦公司早就定位了自己的位置，随后悬赏整个网吧的人来杀自己。在弥留的最后时刻，他意识到自己终究不可能像"牛角"那样扬名立万……没人会记得滚雷，就像没人知道那个AAAAA+级的数据包里到底有什么东西——

这个名叫"曙光号"的戴森球，将在人们的茫然之中，于三十七年之后，在距离地球约一点五亿千米之外的远方冉冉升起。

# 白色

整个老城只有灰区在下雨。

雨线呈铅色,仿佛上帝在素描。

苏妍来到沃姆医学中心,门口已经排起了两百多米的长队。现在是凌晨四点三十五分,城市里绝大部分的人还在沉睡。街道上的垃圾被泡在两三厘米深的积水里,不时传来若有若无的猫叫声。路灯极暗。最亮的光源来自斜对面那盏绿色的灯笼,灯罩上印着苏妍看不懂的日文。一名小个子韩国人在灯笼后面的蒸屉和烤炉旁边忙活。隔壁是一间叫作"醉美"的酒吧,刚打烊不久,卷帘门前面横七竖八躺着三个喝醉的人,摇摇欲坠的招牌似乎随时会砸中底下那个醉酒者的脑袋。她走近队伍的时候,一辆垃圾车疾驰而过,抓斗式卸垃装置里插着一截断掉的胳膊,手腕以下被漆成了粉红色。

在灰区的街头，沃姆医学中心显得格格不入。这栋高二十层的楼房通体呈雪白色，没有一扇窗户，方方正正的，像是一个硕大无朋的电脑机箱。全金属外立面有一层自洁涂层，所以沃姆医学中心的建筑表面总是一尘不染。两小时二十五分钟后，会有一名穿着绿色制服的保安开门。但他们仍要排队。一个半小时后，沃姆医学中心的员工们才姗姗来迟。如果排在前面，能看到大厅的咖啡机前面总有员工在慢吞吞地接咖啡。再过半小时，会有一名护士来到门口，引导排队的人们逐一走进大厅，接受安全检查和身份核验。

身份核验完成后，形似拱门的机器会报出一个房间号。在那些房间里，他们会接受各种类型的植入体实验。这些植入体来自实验室，未量产，全新型号，需要大量的人体实验后才能上市。这一类人体实验分为长周期和短周期两类。前者需要受试者植入试验型号的植入体约半年时间，后者仅几十分钟至若干小时。相对长周期人体实验，短周期人体实验无法提供翔实的数据，但能覆盖更多的人。在门口排队的人们是提供短周期实验数据的植入体受试者。实验结束之后，受试者会得到一笔收入。沃姆医学中心之所以会在老城的灰区建立分部，是因为在这里能找到最多的受试者。

他们算是找对地方了，苏妍苦涩地想。半年前，她第一次来沃姆医学中心的时候，大厅里根本就看不到几个人。但不到一星期就需要排队了。僧多粥少。队伍越来越长，等待的时间越来越久。她听前面那个人说，最前面的家伙凌晨一点半就等在那里。来得早的人可以选择实验项目。一般来说，实验越危险，报酬越高。但来晚的人没得选。半个多小时过去了，苏妍始终站在队伍最末尾，但队伍却缩短了一些——有几个排在后面的人觉得自己不可能轮得上，骂骂咧咧地离开了队伍。

苏妍还等在那儿。就算她现在走，她在其他地方也捞不到钱。她无端地想起自己租的房间。那间一室套在地势低洼处，卧室里的积水已经漫过了脚踝。她估计和自己合租的姑娘这时候还在熟睡。在漫长的等待之中，她百无聊赖地注视着铅色的雨水在脚边的窨井盖上溅起水花。人工天气系统的水库里不知道又掺入了什么化学物质。但灰区的人早已经司空见惯，就像曼哈顿的成功人士总是习惯于晴朗的天。

她不愿意想象如果今天没轮到自己会发生什么。这个星期，她一直在攒钱，攒一张去北森市的火车票。但还差二十七美元，而面试就在明天。她没法去借钱，因为她已经用完了所有的信用额度，包括在黑市的那部分。如果公交车没有晚点，她肯定能轮得上。她有些懊悔自己为什么不像前排那些人一样通宵排队。因为自己昨晚太难受了。苏妍难过地想。昨天上午,她在沃姆医学中心安装了两条人工淋巴导管,以测试 T 淋巴细胞在人工淋巴导管作用下的增殖效果和排异反应。当时没有什么感觉,但一到家,她感觉自己的脖子里像被浇进了一壶开水。合租的姑娘为她做了意大利面,她一口没吃,在床上躺了整整半天。晚上十一点半,她起夜的时候犹豫着是不是要去通宵排队,但疼痛最终令她躺回到床上。所幸的是,昨天的不适在清晨时几乎消失了。

然而,当沃姆医学中心的护士开始引导他们入场的时候,苏妍再次有了烫伤的感觉,但并不是在脖子。首先发生在手腕,然后游弋到脚踝,接着又上涌至心脏……半小时里,烫伤感在身体内部毫无规律地穿梭了一遍。当前面的队伍消失殆尽后,只剩她一人站在沃姆医学中心的门口,苏妍感觉全身都被浸泡在了开水里。"运气不错,还剩最后一个项目。"护士说,口气冰冷。苏妍呼出一口长气。烫伤感在刹那间消失。

白色,到处都是白色。虽然受试者们大多又脏又臭,但自洁涂层和无处不在的空气净化装置令沃姆医学中心永远干净整洁并且沁人心脾。她站在拱门处,接受身份核验。眼前闪过绿光。机器吐出一个房间号:1207。

电梯间在大厅西北角。苏妍乘电梯上十二楼。出电梯后左转,第七间。镶嵌在钛合金门板上的虹膜识别装置闪过一道红光,门自动移开。眼前是熟悉的画面:雪白的房间、雪白的桌椅、雪白的手术床、雪白的手术机械臂、雪白的手术中央供应台、雪白的屏幕上浮现出一张雪白的男人的脸。"神经扩展器,尼古拉-α3实验型。植入位置:前额皮质。"一双血色不足的嘴唇以不带感情的声线源源不断地吐出词汇,"尼古拉-α3实验型神经扩展器连通前额皮质的部分神经元,实时激活或抑制特定的神经元群体,以实现认知功能的显著增强。以下是具体生化原理……"

白人男子说了足足五分钟,底部配了字幕。从他的语速和表达的流畅程度来看,苏妍怀疑他是照着提词器在读。这一环节隶属于形式主义浓郁的标准流程,就像是注册网络账号之前弹出来的服务协议——必须点选"已接受"按钮,才能注册。但没人会看那些服务协议,就像没人会听屏幕上的白人男子说的专业术语。这套例行公事结束以后,公司便给出了响亮的免责声明:你已知情,后续有任何纠纷,与我公司无关。在这冗长而无聊的五分钟叙述里,只有四个字苏妍听得真切:前额皮质。苏妍不知道哪里是前额皮质。在男人的叙述中好像有对前额皮质的介绍,但她没有认真听。不过,自从她参与植入体实验后,她就听人说起过,任何涉及前额皮质的植入体手术都相当危险——死亡率超过百分之三，至于发生后遗症的概率则多到无法统计。

"我申请更换项目。"苏妍说。"这是今天最后的项目，你没得选。"男人说，"前台应该跟你说过。"难怪。苏妍叹了口气。和前额皮质有关的植入体实验，大家都避之不及。能轮到自己的项目肯定是最糟糕的那种。

身后移门自动打开。

苏妍意识到这是送客的提示。

"好吧……费用。"苏妍说，她想起北森联合车站，候车大厅里的复古吊灯，"多少钱？"

"八十三。"

移门关上。

"人工肺叶植入实验都给到了一百三十！"

移门再次打开。

她来晚了，所以没有选择权。并且还存在这么一种可能——沃姆医学中心长期非法监控受试者的隐私数据，得知她最近一直在搜索前往北森市的火车时刻表，于是猜测自己没有议价的空间。"九点二十五分那班车，"屏幕里的男人说，"票价最便宜。"

"我接受。"苏妍说。

果不其然。

白人男子的脸消失。一个文档弹了出来。合同，白纸黑字。桌子表面弹出一枚摄像头，摄像头周围镶着红圈——又是一道虹膜识别装置。苏妍低下头，左眼对准摄像头。门口遇到的那道绿光再次闪过。白人男子的脸替代黑色的字迹："手术马上开始。请到手术床上来。"

苏妍躺下。眼前是白色的天花板和白色的氙气灯，还有照耀自己的白色的无影灯光。白色的手术臂在她眼前掠过，抓着一个鲜红色的面罩。面罩轻轻地扣在了苏妍的脸上。吸入式麻醉剂涌入鼻腔，带着一股腐烂苹果的气味。

在恶心的感觉还没有涌上来之前，苏妍失去了意识。

苏醒后，苏妍在 1207 室百无聊赖地待了五个多小时。手术无创，由手术臂里伸展出的纳米手术刀完成，没有留下任何伤疤。她在屏幕里的男人的引导下做了一系列测试：答几道初中水平的几何题、画一张自画像、看一段二十分钟的《闪灵》选段、描述所看到的罗夏墨迹……这些测试用了一个多小时。然后屏幕里的男人告诉她，她脑袋里的植入体仍在采集数据，现在她只要待着就好。随后整张脸便静止不动。每次都这样——对方关闭了摄像头，甚至可能离开了工位。她重新在手术床上躺好，想睡一会儿。可那张雪白的脸总是在自己将要入睡的时候闯入脑海，把自己惊醒。在半睡半醒之间，静止的脸不知何时又动了起来，嘴唇上的血色更少了。

"实验很成功。"他说，"接下来进行植入体摘除手术。"

苏妍躺回床上，白色面罩扣下。腐烂苹果的味道再一次涌入鼻腔。恶心的感觉涌了上来，苏妍有一种干呕的冲动。

怎么回事？

面罩移开。

苏妍看到白色的天花板和白色的氙气灯，白色屏幕上的那张脸再次定格。

白色的手术臂划出一道优雅的曲线。手术刀开始钻孔。大脑皮层发出无声的尖叫。

术中知晓……在手术中醒来，意识清醒却无法动弹……

手机传来滴的一声响。

是八十三美元入账的声音。

# 神谕

超重感消失之际,私人飞行乘务员递上加冰块的汤力水。

伯恩闭上眼睛,等待聆听神谕。

神谕来临时有其预兆——伯恩眼前浮现出斗转星移。先是空无一物的空间里出现不计其数的光点,随后它们开始彼此旋转,轨迹复杂得令人目眩神迷。大约半分钟后,神谕便会到来,告诉自己应该去往何方。

但神谕并没有如期而至。他睁开眼睛,抿了一口汤力水,气泡感已经聊胜于无。乘务员换上崭新的加冰汤力水。

气泡丰盈。冰块微微起伏。

舷窗外的摩天大楼形如积木。

他想起童年时玩过的积木游戏:用色彩不一的规则塑

料块拼出建筑、桥梁和道路，随后俯视着自己一手搭建的袖珍城市，幻想自己是城市之王。此刻他和五岁时的自己有着相似的感受：在八千多米的高空，他视线范围内的所有建筑都是自己的产业。不过，童年幻想已经抵达他当时对富裕这一概念的认知极限。而眼下他目力所及的城市不过是他名下资产的九牛一毛。

这一切全归功于神谕。

神谕第一次找上门的时候，伯恩二十岁，从事植入体开发。彼时植入体方兴未艾，大公司尚未垄断植入体买卖，黑市上到处流通着小作坊生产的植入体，其中就有伯恩的手笔。在当时的植入体市场，性能、安全性以及低廉的价格形成不可能三角，伯恩杀出市场内卷的方式另辟蹊径——他把性能属性拉高到同行绝对无法比肩的程度，但安全性则跌穿了行业所能容忍的底线。他至今都对那款被自己命名为"鬼视 X"的红外义眼记忆犹新——登峰造极的视觉增强效果，全视域红外成像，无可挑剔的环境扫描功能……以及每十名安装者至少有三人会因义眼熔毁而死得眼窝生烟。

来找他买植入体的大多是觉得自己活不过下周的亡命之徒。对这帮人来说，死于伯恩的植入体无非是换一种死法。但如果靠伯恩的植入体改写了命运，那便是赚到了。所以伯恩的收费从来不便宜。而他生意之所以火爆的另一个原因是，他总是实诚地告知买家自己产品的风险系数。在业界，伯恩的诚实有口皆碑。

所以，没人会找伯恩的麻烦，这源于业界的潜规则：在不存在欺诈的情况下，风险自负。破坏规则的人会被职业人士驱逐——驱逐出人间的"驱逐"，意味着整个黑市里的人都有可能朝此人放冷枪。

但例外总是和规则相伴相生。

伯恩二十岁的最后一天，一个模样斯文的男人来到他的店铺，客客气气地请他带好手术设备跟自己走一趟。他身后还站着两个大块头，手里都攥着一把点四五口径的手枪。五分钟后，伯恩坐上了一辆灰色 SUV 的副驾驶位。两把点四五的枪口全程顶着他的腰眼。

灰色 SUV 把他们带往远郊的一栋别墅。别墅一楼卧室里躺着一个瘦长的男人，鼻子插管，连着呼吸机。伯恩认得这张脸：维克尔·佩西，曾经的老主顾，最近升任瓦克帮头目。斯文男人用尖细的嗓音说，自己是佩西的首席顾问，自家老板半年前在伯恩那儿安装的人工肺叶出了问题，现在伯恩要在十二个小时内把他修得和手术前一样。

然后斯文男人走出了房间。黑色皮鞋敲在洁白的大理石瓷砖上，啪嗒作响。又过了一会儿，伯恩隐约听见门外传来了汽车发动机的轰鸣。但那两个大块头没有走。他们在佩西的客厅里站岗，每隔一个小时就朝窗户外放一记空枪。中午十二点,他们开始泡方便面,啃炸鸡。食物的气味飘进卧室。伯恩同时闻着佩西尿失禁的气息。

伯恩从白天忙到天黑,然而毫无效果。无论伯恩怎么折腾,佩西的身体总是顽固地制造出强烈的排异反应。枪声第十一次响起的时候,伯恩的生命大概率只剩下最后一个小时。哪怕是最外行的人士都能读出那个斯文男人的潜台词——十二个小时一过,如果还没搞定,那么伯恩就要以命抵命。

最后一个小时里,伯恩选择放弃。与其做无意义的挣扎,不如回顾一下自己这辈子到底混出了什么名堂。三岁那年,自己被父母抛弃,此后在孤儿院长大,饥一顿饱一顿的日子使他打小就长得弱不禁风。长久以来,他一直觉得这就是自己对植入体感兴趣的根本原因,这些外来的机械能令他变得强壮。十五岁那年,他开始从事植入体生意,第一个买家是他自己——他为自己安装了两个机械拳头,用的是最粗糙的液压动力系统,把那个自从他入校就霸凌他的高年级学生揍了个半死。对当时的伯恩来说,这是他人生中最高光的时刻。此前,伯恩一直是被欺负的对象——那些记忆很模糊,伯恩觉得这是人脑的某种自我防卫机制在发挥作用。

所以结论就是他这辈子其实没混出什么名堂。大部分时间里,自己都过得惨兮兮的。有那么一瞬间,他产生了一种看淡生死的豁达——吃一颗枪子儿，砰，一眨眼的事儿。然后他就被恐惧死死地攫住了。对，一眨眼，然后这一整个宇宙就再也和自己没有半毛钱关系了。枪眼，子弹，脑浆，宇宙。几样东西在他的脑海里一字排开，他打了一个寒战。床头的黄铜挂钟显示，距离他被击毙还剩下二十分钟。

而神谕姗姗来迟。

首先到来的是变化万端的星图，如此清晰，和眼前的场景重叠在一起。当他在惊慌之中看向佩西那张毫无血色的脸时，便见有一堆星光在佩西的面孔上方闪耀。随后，一个低沉而又沙哑的男人的声音在他的脑海中响起：

*动一动氧合器的分布结构。*

有那么一瞬间，伯恩以为是佩西在说话。于是他看向那发白的嘴唇。毫无动静。但是脑袋里的声音仍旧回荡不止。仿佛整个颅腔被清空，只剩下颅骨包裹着的封闭空间，正中央放着一个不停出声的扩音器。一张植入体工程结构图纸突兀地闯进伯恩的脑海，乍一看和佩西胸腔里那两片电子肺叶的设计图纸完全相同——区别在于，内部氧合器的分布位置略有差异。

当时伯恩以为自己出现了幻觉，抱着死马当活马医的态度再次打开了佩西的胸腔。星图和声音自动消失，那张图纸仍旧牢牢地嵌在他的意识中。他照着图纸更改了氧合器的分布结构，随后测试佩西的呼吸系统反应。仍旧毫无动静。挂钟的分针指向了五十七分。

还有三分钟。

伯恩用了两分三十七秒的时间给佩西的开胸手术做了缝合——一万多个纳米机器人通过微小的机械臂和针线来穿透和连接组织。这算是他坚守的职业道德——哪怕是临死之前，他都得把雇主缝合得明明白白。两个大块头推门而入。其中一个家伙探了探佩西的鼻息，摇了摇头。另一个家伙拉动枪栓，开始倒计时。

三、二、一。

佩西睁开了眼睛。

伯恩完成了任务——佩西不仅恢复了健康，而且还变得更加强壮。他的肺活量是原先的三点七倍，配上人工心脏的电磁动力泵，体能强于任何一名未经体改造的职业长跑运动员。但佩西第二天还是死了。他的首席顾问被瓦克帮的副头目收买，用装填九枚三十三格令铅弹的大号霰弹枪轰碎了伯恩精心改装的人工肺叶。

在后来的人生里，伯恩时常会想起神谕第一次降临的瞬间。当时的伯恩只是将这一切视为掺杂了幻觉的灵感，或者是掺杂了灵感的幻觉。这在心理学上也说得通——人在应激状态下可能会产生所谓的神秘体验。为了避免招惹瓦克帮，伯恩从未主动讲述自己被绑架的经历，但他死里逃生的事迹仍旧不胫而走，消息源来自看守伯恩的其中一名马仔在醉酒后的自述。伯恩的手艺就此被广而告之，他的小店从此顾客盈门。改装后的人工肺叶在安全性上堪称完美，口碑在黑市口口相传。死里逃生后的一个月里，伯恩赚到的钱是过去五年的总和。他用这笔收入在黑市上贷到了一大笔钱，在城郊接合地区租下一片废弃厂房。流水线搭建起来，他的生意从此摆脱了手工作坊的模式。量产的人工肺叶开始销往黑市以外。有不少达官显贵都用上了伯恩的产品，正经的投资滚滚而来。随后公司成立，命名为"维卡科技"。标准化的新品问世，产能扩容。新的员工纷至沓来——程序员、工程师、工人、会计、销售、品控专员……随后，媒体以"冉冉升起的新星"之类的陈词滥调来形容伯恩，却殊不知他的商业版图扩张之快已远远超越了这一俗套的比喻——在全球的商业体系中，他的生意仿佛超新星爆发。

但它们几乎都是神谕的成就，和伯恩本人的关系微乎其微。他所做出的所有决定都来自那个声音的指引，包括流水线量产模式、将品牌推向自己憎恶的上流人士、找准靠谱的融资伙伴、雇用思维剑走偏锋的同行……以及那些伯恩无论如何都不可能搞定的技术创新——它们令维卡科技在技术上领先友商至少五年。最初他仍旧将这一切视作某种灵感的表现形式,随着时间的推移,他最终认识到这样的解读不过是自欺欺人。那并不是他自己的想法,而是从天而降的启示。众神在上,在某些时刻屈尊纡贵,愿意在一介凡夫俗子的耳边喃喃低语,而自己是被选中之人——可自己何德何能,会被神谕选中?

伯恩曾经向神谕请教过这个问题,当神谕在凌晨两点降临;自己略带嘶哑的声音在午夜的卧室里回荡。神谕没有理睬他,像往常一样给予他指示:他需要在明天下午五点之前买下堪帕市的一块地产。意料之中。伯恩想象着诸神正在凝视着自己。不知道为什么,他总觉得众神的眼睛就在自己的颅腔之内,每时每刻都在窥视着自己的大脑皮层。

这个问题其实并没有那么重要,自己只要遵循神谕的指示就行。随着时间的推移,他逐渐淡忘了这个问题,人生从此进入了轻松模式——他只需像旁观者那样目睹神谕将自己带往任何一方。神谕令他的商业版图扩张至更多领域:地产、石油、军工、电力、自来水、云计算、生物制药、合成食品……一个横跨数十个产业的跨国公司正在逐渐成形。与之相伴随的是成千上万的中小型公司或垮台或被兼并。伯恩的事业仿佛是整个商业世界的缩影——竞争,割据,兼并,垄断。

卡特尔，辛迪加，托拉斯，直至康采恩。

群雄逐鹿的时代最终结束，九大跨国财阀瓜分了全球百分之八十以上的市场份额。六年前，九大财阀的首脑召开了迄今为止唯一一次全员参与的线上会议，商议彼此的势力范围。当时，伯恩凝视着另外八个人的脸，心中浮现出古怪的猜想——他们是否也是被神谕选中之人？很有可能都是。他无端地做出判断。那么当兼并进一步发生的时候，在这九个人中，神谕究竟还会选择谁？

那天是伯恩三十岁生日的前一天，距离他第一次遇到神谕刚好过去了九年。此后，神谕再也没有出现过。多少个日夜，他盼着神谕降临脑海，甚至产生了多重幻觉。公司的业绩每况愈下。与此同时，九大巨头中最为弱小的森宗集团强势崛起。在伯恩失去的六年里，森宗集团收购了两家曾经与维卡科技平起平坐的康采恩巨头。

于是伯恩意识到神谕最终选择了谁。

如今森宗终于将收购的魔爪伸向了自己——在自己浑然无知的情况下，维卡科技的董事会已经被森宗渗透成了筛子。下周，董事们将以投票的方式决定是否同意被收购。两边站队的情况基本清晰，在人数上势均力敌，只有副董事长埃尔·霍普斯仍旧举棋不定。

在这个关键的节骨眼上，霍普斯却前往距离总部万里之外的佩尔沃斯岛度假了。

伯恩曾试图要求霍普斯前往总部，但被霍普斯婉拒。眼下，游说霍普斯的双方都必须远渡重洋，漫长的行程本身抬高了霍普斯的身价。上星期，伯恩派出自己的亲信去和霍普斯面谈，但对方的态度相当暧昧。于是他的私人顾问团队劝他亲自去找霍普斯。

私人飞机早已掠过陆地。前方是一串狭长的岛弧链，仿佛一串镶嵌在洋面的翡翠项链。他听说在那串岛弧链中央的某个小岛上生长着整个星球最大的生物：一株占地两万四千多亩的奥氏蜜环菌。最初是一个孢子，阴差阳错地萌发，演化为菌丝，继而形成菌索。菌索如触手般延展，似树枝般分化，在地下悄无声息地扩张，直至占据两万四千多亩的土地，而其根系则深入地下数百米。它们的生存全依赖于寄生——蔓延的菌索渗透进树木根系，在树皮下铺散成毡状的白色细丝，细丝释放出的酶将木纤维腐蚀成糊状，直到将整棵树吃干抹净。

伯恩突然觉得，扎根于整个世界的康采恩公司酷似这种真菌。

佩尔沃斯岛位于这串岛弧链的尽头，一座在高空中俯视时几乎不可见的小岛，面积仅六点三平方千米。距离着陆还有一个多小时，伯恩向乘务员要来平板电脑。十二点三英寸的屏幕上显示着一张树状的思维导图，不同分支指向不同的对话走向。这样的思维导图一共有二十三张。但他无需背诵这些话术，当他和霍普斯谈判的时候，他的视野和聆听到的声音将通过脑部植入的芯片同步传输到公司总部，然后那支未必完全忠诚的顾问团队将会为他炮制出对白，把文字投影到自己的植入式视网膜上，供他参考。

都是形式主义，毫无意义。他的情报源向自己证实，霍普斯大概率会倒戈。试图用一顿饭的工夫来说服霍普斯简直可笑。真正的解决方案只有一个：暗杀霍普斯。届时投票会出现平票，那么维卡的命运将取决于其CEO伯恩的选择。

霍普斯显然有自知之明，在前往佩尔沃斯岛之前，霍普斯事先买断了整个度假海岛的一周使用权。整个小岛被他一人包场，驻扎的安保人员超过三百人。他选择在这个节骨眼度假，归根结底是为了躲避城市里防不胜防的暗杀。但伯恩的私人安保团队仍旧找到了在千里之外暗杀霍普斯的手段——不过前提是必须有人来到霍普斯面前。

要让自己的人去面见霍普斯，这并不难。此前伯恩曾派出数名亲信游说霍普斯，这些人大可以再去一次。问题在于，他如何确定这些人是自己人？那些他所器重的亲信也许早就被森宗策反了。所以这个人只能是伯恩自己。然而他又觉得自己的安保团队其实也不可信任。倒不是说他们全员都已被策反，否则他也活不到今天，而是说其中是否有一小撮人在暗中经营暗杀自己的计划，只是一时半会儿找不到机会？

如果答案是肯定的，那么他的麻烦大了。自己的飞机也许都不能顺利地降落在佩尔沃斯岛那座袖珍的机场上。他看向窗外，载满武装人员的安保飞机以楔形编队忠心耿耿地护卫着自己。只需要两发机炮。伯恩想象着飞机螺旋式坠毁的场景。假如身后的安保飞机叛变，对方几乎不可能射失任何一发炮弹。

飞机开始降落，失重感降临。现在是他们动手的最佳机会。此时变节者若朝自己的飞机射击，自己必然会坠落在距离佩尔沃斯岛大约七千米的海域。飞机事故，意外身亡。霍普斯将通过望远镜见证整个过程。死要见尸。搜救队会打捞到他的尸体，尸体照片将会发给森宗高层。伯恩的衬衫逐渐被汗水浸湿。他仿佛听见瓦克帮的马仔在自己身边拉动枪栓，那一刻他尿了裤子，大腿和裤子被热流黏在一起——现在他背部的感觉和当时别无二致。乘务员紧张地问他是不是不舒服。他摇了摇头，听见自己粗重的喘息。

神谕就在这一刻降临。男声，异常低沉，嗓门巨大。每一个字都被拖得很长，像是说话的声音被设置成了零点五倍速。神谕的内容前所未有的简短，只有八个数字：

七，四，零，三，二，四，九，一。

# 幸运

三月二十七日,是滑阻的幸运日。

这个日期来自五年前的一款简陋的算命软件,软件存在一台几近报废的街机里,街机来自一家叫作"切尔诺尼"的游戏厅。那天他全身上下只剩下最后一个游戏代币。他把这枚铬黄色的硬币推进币槽,然后街机的摄像头冷不丁冲着他来了一记闪光灯。那一瞬间,他半闭双眼,嘴巴微张,口水不小心流出来。同时算命软件开始处理滑阻这张眯着眼流着口水的照片。"三月二十七日,您的幸运日。"界面上那个可笑的卡通狗冲滑阻傻乐,"您的面相太值得这个好日子了。"

那天就是三月二十七日,他在一台老虎机前输掉了最后一分钱。他冲卡通狗比出中指,卡通狗隔着屏幕冲他击掌。他弓着背走出"切尔诺尼",余光瞥见屏幕上的界面恢复原状,翠绿色的屏幕上,"算算你的幸运日"几个字雀跃不已。

门外大雨如注,但十分钟前还是晴天。霓虹灯光被雨线偏折得光怪陆离。他在门槛上朝着雨帘踢了一脚,嘴巴里嘟囔着脏话。然后他就交上了好运气。他的脚踹在了一个硬邦邦的东西上。他低头看到一根磐石-3型电子增强脊柱,结结实实地贴在一个大块头白人赤裸的背部。半分钟后,滑阻确定躺在自己脚下的是个死人。

猝死。大概率是因为植入体过载。平时,"切尔诺尼"门前人来人往,今天,突如其来的暴雨驱散了人流。于是,在那短暂的两分钟里,没人和滑阻争抢死人背上的昂贵植入体。半小时后,滑阻出现在"青葉"酒吧,和一个叫老威廉的捐客达成交易,用这根磐石-3型电子增强脊柱换来了三十万信用点。他在喜维酒店花了六万五千信用点,度过了纸醉金迷的三天,再用剩下的钱买来了一堆廉价武器,从此开始倒腾死人的植入体。

这五年里的每一个三月二十七日,他都能挣来不错的买卖。于是他愿意相信那个算命软件真的灵验。今天上午,他从帮派火并后的尸山血海里搞到了一对合成角膜,和老威廉定在"青葉"酒吧交易。下午五点半,他径直走向"青葉"的吧台,在靠墙的第三张金属凳上坐下。这是他的幸运座位。他就是坐在这张凳子上,和老威廉完成了自己职业生涯的第一桩买卖的。不是所有卖家都像他这么幸运。后来他才知道,老威廉那天本想干掉这个初出茅庐的新手,但是碍于对面瓦克帮的人,他不方便玩这种下三滥的路数。

幸运日,幸运座位。滑阻把玩着装着合成角膜的橙色匣子,心情愉快。老威廉还没到,滑阻叫了一杯黑啤酒。这会儿"青叶"里人不多,没什么危险人物。角落里各坐着三对在调情的情侣,有两个黑人青年在打台球;靠窗户的卡座上,几个白人在高谈阔论。唯一需要警惕的是坐在台球桌旁边的光头男人,文着龙爪帮的文身,夹克胸前的口袋鼓鼓囊囊的,勾勒出枪支的形状。他对面坐着的女人在抽电子烟,烟雾里有冰醋酸味。

啤酒沫子快消失的时候,老威廉走了进来,身后跟着两个黑人保镖。这个瘦弱的白人老头穿着一件皱巴巴的灰色呢子西装,下摆几乎垂到了膝盖,耷拉的眼角像是将要滴落的水滴。"老弟,久等了。"老威廉坐下,食指敲了两下吧台。保镖在他身后站定,双手插在兜里,估计握着枪。标准的开场白。每一次自己遇见老威廉,他都这么说。不过据同行说,他对谁都迟到,对谁都这么说。"斯托维奇出厂,DB-2 型。"滑阻敲了敲橙色匣子的亚克力表面,"搭载最新款的界-SN 操作系统。"

"我要验一下货。"老威廉说。

滑阻打开匣子。

两片眼睛大小的薄膜瞪着天花板上的白炽灯泡。

老威廉的手腕裂开一道缝隙,一根连着微型摄像头的线缆蜿蜒着钻出,停在了薄膜上方不到两毫米的位置。字符串在薄膜表面流过。"好东西。"线缆沿着原路又缩了回去,手腕的裂口合拢,"成交"。

"成交。"滑阻说,喝了一大口啤酒。老威廉的手伸进了夹克的内衬口袋。然后他会掏出一大堆纸币,沾着唾沫一张一张地在自己面前点清楚。这一类黑市交易已经很普遍,用电子转账也不会有什么麻烦,但是老威廉总是很小心。一共是四十张面值五百信用点的纸币。滑阻在纠结自己应该拿这笔钱升级一下武器装备,还是趁着幸运日到"血坛"拳馆去赌一把。

台球桌那边突然传来了争吵,语速特别快,滑阻只能听懂一两个脏字。随后传来两声枪响,老威廉的小半个脑袋没了。白色涂装的霰弹枪,用的大概率是独头弹。开枪的是那个抽烟的女人。她原本朝打台球的黑人射击。黑人在她扣动扳机的瞬间开启了别在腰间的磁力控制单元,那个仍旧在兀自闪烁绿光的玩意儿。磁性令枪口偏转。

老威廉身后,他的保镖向台球桌的方向开火。

滑阻合上装着角膜的匣子,把它收进口袋,随后又去抽老威廉放在口袋里的半只手。死透了的老威廉仍旧死死地抓着那一把钱,滑阻需要逐个掰开他的手指。他感觉自己的心脏皱缩在一起,肾上腺素咕嘟咕嘟地冒泡。今天是他的幸运日。他相信自己能拿到这笔钱,然后全身而退。

还有,到现在为止,他还坐在幸运座椅上。

钱到手之后,他的左手握住了别在裤腰上的手枪。几秒钟工夫,"青葉"乱成了一锅粥。窝在角落里亲热的情侣死了两对。天花板的瓷砖掉下来三块,露出黑洞洞的步枪枪口——"青葉"的自动安防系统正在启动。脚步声杂沓,人群向门外涌去,不时有人倒下。但滑阻知道"青葉"还有一个通往小巷的后门。他把脚从凳子的横梁上放下来,刚要起身,只剩半张脸的老威廉突然开口:"别动。"

滑阻愣住。

一颗子弹掠过他的头顶,打掉了他头顶一绺卷曲的头发。

# 减法

时速八百千米的激光悬浮列车正在穿过密西西比平原。

苏妍没能观赏到平原带来的开阔感，透过减速玻璃，她只能看到两道五颜六色的高墙，质地不明，看上去软塌塌的。她知道所谓的高墙其实是更大的存在的一部分——两块面积高达三千四百多平方千米的巨大凝胶。而所谓高墙不过是列车车窗正对它们的外部边缘。笑容甜美的乘务员正在分发午餐：牛肉三明治、蔬菜沙拉、罗宋汤。饥饿感适时地出现，但苏妍突然变得毫无食欲。她拆开一次性餐具的时候，意识到所有餐品的原料都来自窗外的凝胶。

小麦、蔬菜和牛肉早已绝迹多年。

中学历史课本对于这一切的缘由只写了寥寥数笔——

公元二〇八三年，跨国财阀联合成立埃索伦公司，合作建造出命名为"曙光号"的包裹太阳的巨大球形结构，以截获太阳的绝大部分辐射能量，从而将弗里曼·戴森于二十世纪六十年代提出的戴森球理论付诸现实。"曙光号"戴森球半径约一百零七万千米，最初是一个极为标准的球体，但自转所产生的离心力使其随着时间的推移逐渐变成一个两极稍扁赤道略鼓的球体。部分技术原理以概述形式被写入物理教材：以碳纳米平面体为骨架，骨架内部铺设石墨烯，建构"曙光号"的应力结构网络；内部部署量子点光热转换阵列以捕获太阳辐射，通过激光束发射装置将辐射能量源源不断地传输给地球。地理课本对于"曙光号"对地表的影响一笔带过："曙光号"使地球失去自然光照，于是人类在建设"曙光号"的同时搭建了巨大的穹顶，穹顶的人工天气系统通过"曙光号"吸收的热量制造出人工气候，全球气候格局因此发生天翻地覆的变化。对于"曙光号"工程在生态领域的影响，绝大多数中学教科书只字不提——发生于二一〇三年的穹顶事故导致人工气候严重紊乱，引发物种大规模灭绝；所幸人类培育出转基因凝胶藻作为食物来源，不同颜色的藻类对应碳水化合物、脂肪、蛋白质、维生素等各种营养物质。语文课本热情歌颂了跨国财阀的伟大：鲁格·麦克·埃索伦，凯尔特神话中的光与太阳之神……跨国公司的企业家展现出人类征服太阳的万丈雄心,其精神品质可溯源至后羿射日和驾驶太阳战车的赫利俄斯……

几乎没有人会在毕业后还记得中学教材上这些干巴巴的内容。但苏妍记得它们的每一句话。在自己的学生时代,她曾反复阅读这些和"曙光号"有关的课文。她的父亲死于"曙光号"的建造——碳纳米平面体生成器发生能量泄漏,产生的高能质子束击穿了他的头颅。埃索伦公司的法律顾问以丰富的人脉和娴熟的技巧推脱掉了所有事故责任。家庭从此陷入困境。她的母亲坚持供养她读完本科和硕士,但最终只是加剧了家庭的经济危机。三年前,她获得了普林斯顿大学社会学和心理学硕士双学位。毕业典礼上,院长为她的学位帽拨穗。热泪涌出她的眼眶,弄花了妆。妈妈,我会尽力报答你。她看着台下拼命鼓掌的母亲,记忆里父亲的脸和母亲的脸重叠在一起。

三年来,苏妍没能找到工作。经济危机和失业潮令她社会学和心理学的硕士学位显得美好而无用。然而助学贷款仍在不断地滚出利息。两年前,母亲罹患尿毒症,再也离不开透析机。改变命运的机遇出现在上个月——埃索伦公司向全球发布招聘信息,增设的技术岗位需要若干名有社会学或心理学专业背景的高校毕业生。苏妍不理解技术岗位为什么会需要社会学和心理学专业。反复确认不是骗局后,苏妍投出了自己的电子简历。上周,她收到了埃索伦公司的回复。对方要她前往公司的人力资源部面试。然而往来的路费令她望而却步。

她大概率是来陪跑的。为了这点微不足道的概率,她将要付出一笔沉重的开支,这或许将是压垮她的最后一根稻草。但维持现状,也不过是继续在泥潭里打滚,而泥潭终将淹没自己。半年前,她听说自己的大学同学中有两人分别死于癌症和枪击。这一次,如果她真的能被埃索伦公司聘用,她的人生将从此柳暗花明——埃索伦公司为这份职位开出了十五万美元的年薪。当晚苏妍就做出了决定。但她始终觉得自己对不起父亲——他死于埃索伦公司。

现在,她正在祈求埃索伦公司赐予自己崭新的人生。

愧疚感随着列车逐渐接近目的地而变得愈发强烈——她的思维长时间地定格在父亲死去的瞬间。高能粒子洞穿头盔,击碎颅骨,布拉格峰效应令大半个脑组织熔融、液化,粉红色的热流在颅腔内流淌……那一瞬间,父亲在想什么?列车穿过落基山脉,沿科罗拉多河峡谷西行,抵达北森联合车站。候车大厅人声鼎沸。苏妍瞥见挂钟指针指向正午十二点……在意识崩解的最后时刻,父亲会不会想起全家在时代广场跨年的钟声?

她在候车大厅洗手间的镜子前洗了脸,化好妆。看着自己面部的痘印逐渐被粉底消除的过程令她放松。面试地点在纽伦街27号,距离北森联合车站十三站地铁。她一出站就见到了那座巴洛克风格的建筑，只有四层，而周围高楼林立。肯定会有人认为这栋古典小楼毁掉了整条街的现代风格，但苏妍倒觉得它像是钢筋丛林中的一抹闲笔。

雕刻着繁复花纹的大门为她自动打开。她原以为自己会看到古典风格的大厅、挂着职业笑容的前台、通向各层办公区域的宽广空间、自信而体面的公司人士步履轻快……然而她只见到了一大片空旷的空间，体积几乎和建筑本身的容积差不多大。所以他们只是造了一个建筑的外壳？这算是哪门子后现代行为艺术？苏妍打量着纯黑色的墙壁和天花板。看不出材质。往下看，地板居然是镜面。在视觉上，整个空间以镜面为界，在下方复制出自身。她犹豫着走进去，像是踩在一大片虚无的空间上。恐高感令苏妍双腿颤抖。

大门在身后自动关上。苏妍方才意识到地板的镜面里没有对称地显示出自己。

"苏妍，下午好。"前方突然浮现出两把相对摆放的黄铜色办公椅，一个浑厚的男人的声音从后面那把椅子的上方传来，"请沿着红线往前走，坐到椅子上。"一束光线不知打哪儿出现，起止点分别是苏妍的脚尖和那把背朝自己的椅子。为什么？如果我偏偏走到其他地方……"那么你会体验到某种感官的错乱。相信我，这不是什么愉快的体验。"声音说，"已经有数万名面试者的微表情向我证明，几乎每个人都会对这项指令抱有不同程度的怀疑和抵触。"

苏妍用力点了点头,向前走。她尽量让左右脚每一步都踩在红线的两侧。她觉得自己的姿势很可笑,像是在走钢丝,而自己还得努力地让面部尽可能放松。走到终点,轻轻拉开椅子,事情终于进展到了她所熟悉的领域。坐下,双腿并拢,双手交叉放在右腿上,面带微笑,露出两三颗牙齿……在家中排练多遍的动作一气呵成。接着是自我介绍,她会着重强调自己的学术成就,那些发表在核心期刊上的 A 类论文……她的余光突然瞥见地板的镜面里映照出了自己。视线不受控地向下扫去。怎么回事?额头什么时候卡的粉?这面镜子到底有什么古怪……

"增强现实技术普遍做加法。在这里,我们做减法。"声音再度响起,苏妍猛抬头,对面原本空着的椅子上坐着一个身穿黑色衬衫的中年男人,希腊雕塑般英俊的容貌带着过于浓郁的人工斧凿的痕迹,"几乎所有的增强现实技术都致力于让人多看到什么。但其实也可以反其道而行之,选择让人少看到什么。"话音刚落,苏妍在地面上的镜影突然消失了。

所以整栋楼里并非空无一物……楼梯、电梯、隔断、办公室、会议室、咖啡机也许应有尽有,只是埃索伦公司用增强现实设备消除了自己对它们的感知,就像同样的设备能在用户的视网膜上投影出在现实中并不存在的卡通人物。眼下，埃索伦公司的员工正在苏妍看不见的区域围观这场面试。就事实层面而言，这其实并不重要。面试大概率会被直播，同时被录像，人力资源部门的其他员工在其他什么地方隔着屏幕观看……这些操作在二十一世纪都属于常态；但被只对自己隐形的人员近距离观察……久违的烫伤感再次袭来，始终逗留在双眼。苏妍的眼球后面仿佛有两簇火焰在燃烧。

"我叫雷迪·霍尔，埃索伦公司人力资源部总监。我和同事们对于你的教育背景非常满意。"霍尔的嘴角勾勒出职业性的微笑，"但这份工作所需要的不仅仅是学术上的修养。我们观察了你在毕业后的经历，这才是我们真正的兴趣所在。这些经历对于共情能力的提升很有帮助，而共情能力是这份工作的关键之一。当然，如果我们需要的仅仅是共情能力，我们大可以去贫民窟找。但我们所需要的是一种平衡和交融——学术修养和共情能力相互结合、缠绕，就像 DNA 的双螺旋结构。"

计划有变。此前苏妍一直认为毕业后的三年是自己的污点，因此她在准备面试的时候罗织了各种话术以掩盖这段碌碌无为的岁月。但现在他们需要听她这三年来的故事。"毕业的时候，我预计到自己有可能失业。"苏妍说，"但我没想到——"

"打住。"霍尔说，敲了敲椅子扶手，食指指向她身后。苏妍转过身，看见巨大的全息影像覆盖了几乎大半个室内空间，呈现出一段以二十倍速播放的视频。视频内容是她的日常生活，包括她在沃姆医学中心参与的植入体实验。她突然记起来，所谓的智能家居里都藏着安全摄像头。"在数据层面，各位对我们都是单向透明的。"霍尔说，"唯一的问题是数据实在是太多了，只能委托 AI 通过视频中展现出的生活细节对你进行心理侧写。相信我，算法比你更了解你自己。"

眼睛更疼了。仿佛火舌卷曲着涌上眼睑。她猜测那次手术带来了某种后遗症：一旦情绪变得强烈，烫伤感就会随机地在身体的某个部位产生。笑容仍旧挂在她的脸上，精致而僵硬，仿佛蜡像的表情。"我遇见过真性情的面试者，在得知这一切的时候冲我们破口大骂。"霍尔跷起了二郎腿，把左臂搁在了椅背上，"但我们并不介意。繁文缛节并不是我们面试的一部分。"

"所以你们到底要面试什么呢？"苏妍侧了侧脑袋，将挑衅的语气控制在适度的范围内，"既然你们对每一位面试者都知根知底。"

"你很会察言观色，顺带提出了一个好问题。"霍尔把右掌摊开，空无一物的掌心里逐渐浮现出一枚银色的圆形薄膜，和食指指腹差不多大，"面试是为了对各位进行测试。请把它放在你的额头上。"

"这是什么？"

"请照着做。"

苏妍接过薄膜。薄膜两侧带有黏性，表面有简易电路的痕迹。她犹豫着将薄膜按在了额头上。似乎无事发生。苏妍困惑地看向霍尔。颅内响起滋滋作响的电流声。

海量的感官信息瞬间涌入。

画面，交错层叠但又彼此独立的动态画面取代了眼前的场景，细节极为逼真：会议室桌椅、文件柜、电梯间、健身房器械、日式餐厅的榻榻米、被文档和报表充斥的显示器、花园里的塑料植物……每一幅画面都伴随着复杂的声音：说话声、电话铃声、鸟鸣声、敲击键盘声、打印机出纸声、筷子和碗碟碰撞的叮当声……不存在的气味同时诱发食欲和反胃感：咖啡香气、打印机工作时散发的异味、汗臭、塑料植物涌出的人造花香、山葵泥刺鼻的辛辣味道、绿叶调香水味……复杂的触觉体验最后发生，她同时触摸到金属、花朵、肌肤、键盘的塑料外壳、书页的纹理……古怪的是，这些触觉掺杂在一起，共同凝聚成一种统一的触觉——苏妍感觉自己似乎触摸到了某种超现实物体的表面。

"暂停。放松。"霍尔的声音传来，似乎来自很远的地方。涌入的感官信息消失，霍尔重新出现在自己面前。"感觉怎么样？"霍尔问道。"混乱。"苏妍说，相比此前感受到的混沌的感官体验，现实世界是如此简明，"这是什么？"

"测试的前奏，像是听力测验之前的试音环节。而接下来的部分将决定你是否有资格获得这份工作。"霍尔说，"十秒钟准备。"

深呼吸。

倒计时十秒。

感官信息再次涌入。

触觉仍旧保持着混合状态。并且同样的混合状态同时发生于视觉、听觉、嗅觉和味觉中。所有画面融合为一，视角极其古怪，仿佛自己有一枚能看向所有方位的眼球。细节相互交织——洁净的大理石瓷砖上浮现出木质纹理，榻榻米上开出五颜六色的花……声音混杂成统一的噪声，分贝惊人，人声在其中几近于无，但交谈声中的每一个字仍旧清晰可辨。合并为整体的气味相当诡异。但苏妍不无尴尬地发现，自己居然觉得这股气味有些好闻。

"祝贺。"霍尔说。涌入的感官信息仍在，苏妍只能听到霍尔的声音。"你通过了第一项测试。有大约三分之二的面试者倒在了这一关——他们没能自动建立起感官信号的整体性模式。但请注意，第二项测试才是正餐。"霍尔打了个响指，"请听题。"

没有倒计时。

眩晕。

意识活动数据纷纷涌入。

最先涌入的是本能意识：食欲、闻到异性香水味时的性唤起、举哑铃时的肌肉泵感……接着是表面意识，相对最容易理解的部分：伪装的喜悦、内心的嫉恨、饭局上构思的话术、编程时的思维瓶颈……最为宏大也最为混沌的是潜意识：童年创伤、连自己都未曾知晓的记忆、难以启齿的隐秘冲动……相较之下，本能意识和表面意识不过是冰山一角，而潜意识则是洋面之下的整块冰山。

"请把握这些个体意识活动的整体性。或者说，尽力将它们视作整体。"霍尔的指令直接传入苏妍大脑，"就像你先前做的那样。"

要感知整体性，她先得掌握个体性……而她对于这些意识和感官的具体归属还一无所知。所以，她首先需要将这些杂乱无章的个人意识和感官分门别类。肌肉泵感应该与健身房配对。那两个在走廊里交谈的女人提到过一个爱好健身的男人，最近升任副总监，从而拥有上班期间健身的特权。那么这个举哑铃的大块头就是鲁修斯·盖伊。鲁修斯在健身的时候不时幻想一个叫艾雅的女人在盯着自己看。在他的想象中，艾雅穿着深灰色的商务西装，内搭一件白色竖条纹衬衫。艾雅的脸在那家日本餐厅见过。当时有个女人在餐厅洗手间的镜子前补妆，自己在镜中看到了那张脸。对于日料餐厅的感知必然来自艾雅——她穿着鲁修斯幻想中的那套西装，但衬衫是藏青色的，正在参加氛围紧张的商务午宴。坐在她身边的男人是鲁修斯·盖伊的下属，自我介绍时说出了自己的名字，高桥拓一，日裔，疑似和艾雅有染，这一不甚确切的事实来自高桥拓一潜意识里的记忆……对个体性的把握是一件琐碎的工作，典型的匠人行为。比较麻烦的是潜意识部分，充斥着含糊感和不确定性，比如鲁修斯·盖伊对于上司安迪·霍尔的憎恶情绪总是伴随着被压抑的性欲……一些整体性的概念从苏妍条分缕析的个体化分析之中逐渐浮现：

所有这些意识活动，全隶属于十六名埃索伦公司人力资源部门的员工。

但这显然不是霍尔想要的整体性。他并不需要自己绘制一张本部门的人际关系图。那么他想要的整体性究竟是什么？霍尔说，就像你先前做的那样。那么自己先前做了什么？莫非是那些融合为一的视觉？成千上万的场景细节以匪夷所思的方式融合在一起？抑或是那些融合为一的触觉令自己摸到了压根就不存在于这个世界的纹理和质感？同样的逻辑向下延伸……霍尔是要自己把十六个人的大脑活动当作一个人的大脑活动？这他妈的是什么意思？

头痛欲裂。

雪白色的天花板，雪白色的手术臂，雪白色的男人的脸。颅骨被钻开一个孔，疼痛如蛛网般放射开来。她看见自己的大脑，粉红色的，遍布的沟回幽深如峡谷。一枚黑色扁平状物体镶嵌在大脑最前端，指甲盖大小。纳米级手术刀正在拆解它，速度极快，拖出残影。被拆开的零件看上去是一个又一个黑点，平铺在大脑皮层表面，成千上万。某一个时间点，它们似乎听到一声令下，排着整齐的队列，仿佛蚁群般沿着手术刀自行从颅骨被钻开的洞里爬出来。缝合开始。蛛网般放射的疼痛沿着原路径收缩成一个点。剧痛令她的身体痉挛。她看见自己的大脑被无形的手展开成平面……读中学的时候，她曾在科普读物中读到，成年人的大脑摊开之后的面积与报纸相当。

噩梦般的记忆重放，没有丢失半分细节。但疼痛的烈度远远超过当时。五倍？十倍？可是疼痛怎么可能被量化……霍尔的测试仍在进行。不能放弃。但霍尔肯定发现她现在很不对劲。他会不会停止测试，宣布面试结束？整体性，该死的整体性。"曙光号"上到底有什么工作，需要自己把十六个人的想法和感觉统一成一个人的？

"苏妍？你看上去不是很好——"

霍尔，去你妈的。

有什么东西从疼痛内部涌出，浮上表面，凝聚成形。仿佛垂直的洋流搅动海水，令海面浮现出乱流和波纹。宇宙，群星，星图。无垠的空间，十六颗光点。聚焦，缩放,光点显现出形状,颜色不一,绝大部分都不规则。光点彼此之间进行着永无休止的相对运动,运动轨迹严格遵循物理和数学规律——圆、椭圆、抛物线、双曲线、斐波那契螺旋线……

额头的薄膜被一双戴着医用乳胶手套的手揭开。

两片浅黄色的医用电极贴在苏妍太阳穴,和电极连接的导线接在地上一个灰色的仪器上。一个穿着白大褂的女人站在苏妍身旁,监控着灰色仪器屏幕上的复杂读数。"α波减少,θ波增加。额叶供血不足。乙酰胆碱、γ-氨基丁酸和血清素超量分泌。"女人声音冰冷,"提示前额皮质活动异常。"

剧痛、他人的意识和感官、星图……逐渐淡去,仿佛渐行渐远的火车鸣笛声。约莫两分钟后,白大褂女人摘下电极,拎起设备,在眼前突然消失了。"神经扩展器,尼古拉-α3实验型。"霍尔双手抱胸,神情严肃,"苏妍,面试结束。"

她搞砸了。

当晚,她在桥洞里过夜。五百米开外,有一家叫作杜克医学研究所的地方,兼做植入体人体实验的买卖。明天凌晨,她会去那里排队,攒回家的路费。璀璨的城市霓虹在自己周围闪耀。苏妍躺下,身子底下用了多年的棉毯有一股洗不掉的霉味。

梦境里只有那张星图。

形状各异的群星在周而复始地运动。

睡到后半夜，苏妍被惊醒。一束手电筒的强光正对着她的左眼。她刚要尖叫，一把小口径手枪抵住了她的腰窝，枪拿在一个白人老头手里。"带上你的屁股。"老头说，"跟我走。"

她在对方的胁迫之下远离了桥洞，走进一条小巷。两侧砖木垒成的民居表面布满了布鲁克林风格的涂鸦。走到小巷尽头，她被带进一间幽暗的房间，墙面、天花板和地板全被漆成了绿色，四堵墙边立着四只鲜红色的柜子。角落里站着一个穿着花衬衫的年轻男人，戴着一顶绣着韩文的棒球帽，脚边凌乱地堆了几个空啤酒瓶。

老头推了苏妍一把。

花衬衫抬起头，上下打量着苏妍，视线在她的面部和胸部停留的时间最长。随后他又把视线投向了两盏白炽灯之间的区域。老头不耐烦地咂着嘴。隔壁房间传来女人的谈话声，用的是苏妍完全听不懂的语言。两盏白炽灯交替闪了三下。花衬衫兀自点了点头，好像想通了什么事情，从兜里掏出一沓纸币，沾着口水，数出六张，递给白人老头。绑架，人口贩卖，强迫性交易。湿漉漉的六百美元清晰地反映出事情的来龙去脉。老头接过纸币，一张一张仔细观察，似乎是在核验真伪。自己有多久没有见过现金了？苏妍用力回忆。五岁那年，父亲用五枚硬币换了一支香草冰淇淋……

自己怎么会在这时候想这种事？她所接受的心理学教育告诉自己，在震惊过后，她在心理上应该处于第二阶段：恐惧、绝望……此刻却统统没有。她甚至想要酝酿出那种感觉，又突然觉得很荒谬，于是立刻就放弃了。自始至终都只有麻木。隶属于遇到突发性危机事件后的第三心理阶段。或许是因为此前的人生里，她泡在恐惧和绝望之中已经太久——好的，生活的泥潭终于淹没了自己。

那么自己是不是可以放弃挣扎了？

被漆成绿色的墙壁打开一扇暗门。"请进。"花衬衫说，彬彬有礼，英语里带着韩国口音。烫伤感从脚趾升起，蔓延到整个脚掌，令自己无法挪动半步。可是为什么是脚趾，偏偏在这种时候……刚上小学那会儿，苏妍听母亲说，自己一出生，她就急忙检查自己是不是有完整的手指和脚趾……

花衬衫左手腕寒光一闪。

一根从腕部开口伸出来的伸缩式短锯划过短促的弧线。苏妍的脖子上被拉开了一道血口。

第一滴血从伤口里淌下来的时候，花衬衫的棒球帽飞了起来。苏妍看见花衬衫的嘴巴微微张开，表情若有所思。她看向那顶升高的帽子，发现帽顶扣着一个血淋淋的东西。花衬衫突然间扑倒在地，头顶冲着自己的脚尖。大脑混合着脑浆和鲜血从裸露的颅腔里滑落出来。

警报声大作。门口站着全副武装的埃索伦安全组成员，闪亮的纳米切线收回他的掌中。苏妍跌坐在地上。

空白。

那张星图在脑海里悠悠地旋转。

雷迪·霍尔走了进来，仍旧穿着下午面试自己时的那件黑色衬衫：

"苏妍，恭喜。你已被录用。"

# 数字

热带风格的餐厅，到处是鲜绿、湛蓝和明黄的色彩。墙壁上贴着色彩浮夸的手绘抽象艺术，风格狂野。霍普斯的穿着相当休闲：淡粉色的短袖T恤、宽大的沙滩裤、大码的真皮拖鞋。一颗略有些袖珍的脑袋连着细长的脖子，苍白的脸上始终挂着僵硬的笑容。

"原谅我这副扮相。你知道的，我在度假。"霍普斯说。伯恩把视线从霍普斯的身上移开。穿着哈伦裤的服务生开始上前菜：香煎虾卷、菠萝咖喱鸡块、罗勒番茄沙拉。从伯恩走进门的那一刻起，霍普斯就表明了自己的态度，所采用的方式是竭尽所能地令伯恩的衬衫和领带显得愚蠢。

"我一直想和你本人开诚布公地谈一谈。"霍普斯说，"可是你之前总是找一些莫名其妙的家伙来和我勾兑。"

视网膜上弹出一行字：说正事儿吧。来自他身后顾问团队的手笔。蠢货。简直低三下四——那么可能确实混入了内奸。"那如果我不来呢？"伯恩说。视网膜上的字迹淡出。

"公司会产生内耗，然后各方面都会牵扯掉一些不必要的精力。"霍普斯把红酒杯推到一边，给自己倒了一大杯橘子汽水，"首先，你需要知道事情的起因——你退步得太厉害了。"

何以见得——视网膜又在对他说话。伯恩快速眨了两下眼，断开与顾问团队的远程数据链接。"对此我深有同感。"伯恩放慢语速，"人老了，脑子自然就不行了。"

"所以你觉得自己的水准下降了多少呢？"霍普斯靠向椅背，跷起二郎腿，"在我看来，那简直就是断崖式下跌。接着就像死人的心电图一样——一根笔直的直线，一路躺平。"

"我原本以为是森宗给得太多了。但听到现在，我发现你其实很为公司着想。"伯恩漫不经心地搅动沙拉，"继续。"

"总之，你掉下神坛了。想当年，维卡的技术突破全都来自你的手笔，而且你还总能踩准每一个商业节拍。"霍普斯打了一个响亮的嗝，"但现在你是凡人了，老兄。和咱们一样，两个眼睛两个鼻孔的凡人，当年的高歌猛进都成了过去式。更糟的是,当你堕入凡间的时候,森宗和彦居然飞升成仙了——"

"鬼知道这个都快老年痴呆的东西为什么突然这么英明神武。"伯恩的脑海里浮现出森宗和彦皱纹密布的脸,这个已经八十七岁高龄的老头如今在森宗集团一把手的位置上坐得愈发稳固。十多年前,业内盛传森宗和彦罹患阿尔茨海默病,其职务早已被一众高管架空。然而就在六年前,森宗和彦突然变得判若两人,杀伐决断一如当年,由其主导的技术研发令森宗集团在脑芯片领域一骑绝尘。

"科洛公司和凯诺科技被森宗收购的时候,大家都觉得天经地义。但现在这堆烂事儿轮到我们了。"霍普斯把手里的刀叉相互交错摆成乘号,"这几年,我一直在等一件事:你会重新变得聪明起来,而森宗和彦再一次变得痴呆——当然最好还是直接死掉。在我等待的期间,咱们的股票和市值却跟着你的智力一样丁零当啷地往下跌。而森宗恰好反过来。所以,等还是不等?这是一个问题。"

现在,伯恩基本可以确定霍普斯大概率没有被收买,因为他确实戳中了问题的本质。即使这次自己成功阻击了森宗,但照这个趋势发展下去,维卡终究会被森宗收购。不过此一时彼一时——届时维卡的市值大概率会腰斩,森宗会给出一个远比现在低得多的收购价。所以套现离场的最佳时机就是现在。但霍普斯指出了另一种可能:森宗和彦有朝一日可能跌落神坛，未来自己也有可能重新崛起，那么森宗和维卡的攻守之势便会逆转。于是第二个选择便水落石出：拒绝收购，等待逆转发生。无论怎么选，这都是一场豪赌。霍普斯认清了选择的本质，却尚未认识到其背后真正的玩家——神谕。

未来，神谕究竟会选择谁？

"我纠结了很久。真的。当一个人纠结的时候，往往会发现自我。"霍普斯长叹一口气，"然后我发现自己归根结底是一个保守的人。"

"嗯，落袋为安，见好就收。"伯恩松了松领带，"但说难听点，就是懦夫心态。"

"可是我的忠诚无可挑剔。"霍普斯靠在椅背上的身体突然前倾，"我很乐意和你讨论怎么在收购过程中使咱们的利益最大化。"

伯恩点了点头。霍普斯灌了一大口汽水。沉默。服务员适时地上正餐：香茅松露羊排、香草鹅肝配牛眼肉。伯恩觉得自己几乎就要被霍普斯说服了。说服力来自霍普斯摆出的事实，还有他打一开始就营造出的权威感。急流勇退也不赖。未来自己还需要霍普斯去跟森宗谈判。安保团队也许会失望——自己精心准备的暗杀最终告吹。

现在，赌局的结果已经变得清晰：神谕重新找上了自己，而森宗和彦已被神谕抛弃。所以自己不会允许维卡被收购，那么霍普斯就必须死。暗杀开始。伯恩反复默读指令：

斩首。

临行前植入伯恩小臂皮下的微处理器根据事先输入的既定程序开始工作——对镶嵌在霍普斯额叶上的认知增强芯片发出一组精心调制过的电磁波。这组电磁波搭载着一个大小五十多兆的桥接程序，在伯恩的植入式微处理器和霍普斯的脑芯片之间建立数据链接。浮桥已然建起。伯恩安保团队的黑客们顺藤摸瓜黑入霍普斯的脑芯片。在这群训练有素的顶级黑客面前，脑芯片自带的防火墙薄如蝉翼。如果一切顺利，霍普斯脑袋里那块芯片会因为电压过载而熔融。芯片表面一百二十多度的高温会把他的脑子变成一锅冒泡的粉汤。

但伯恩手下的黑客们还是慢了一拍。在霍普斯的脑子被烧掉之前，霍普斯的网络安保程序拍马赶到。所幸黑客们隐藏了伯恩脑芯片里的数据地址，安保程序无法追踪桥接程序的来源。数据攻防在转瞬间发生。黑客们阻断了安保程序向霍普斯的安保团队传递信号的数据通道。眼下，在佩尔沃斯岛上，除了伯恩，无人知晓这场生死较量。餐厅内唯二的两名顾客正在认认真真地切割羊排。战报实时投影在伯恩的视网膜上，纷繁复杂的数据交互被简化成了一根深灰色的进度条。进度条填充区域距离终点仅有一步之遥时戛然而止，顶部文本显示破解进度至百分之九十二点七。

汇报详细情况。伯恩默念，重复三遍。大脑语言中枢释放的电信号被伯恩脑部的认知增强芯片读取，翻译成语言文字后传输给千里之外的维卡总部。安保部门的回复即刻打在伯恩的视网膜上：

安保程序防火墙密钥最后八位，正在破解。

"还要多久？"伯恩无声地回复，羊排的汁水充盈他的口腔。

左眼浮现字迹：半小时。右眼滚动显示着两句话：敌方安保程序将在二十秒内定位桥接程序的位置，打通联络通道。左右眼的信息拼凑出完整战报：任务即将失败。倘若伯恩的黑客在二十秒内仍未破解防火墙，霍普斯的安保人员将会发现伯恩参与了黑客行动。随后，荷枪实弹的作战人员将会冲进餐厅。当天商界将会传出重磅丑闻：森宗收购维卡前夕，伯恩暗杀霍普斯未遂。

隐秘的笑容浮现在伯恩嘴角，手里的勺子在鹅肝的表面画出两道平行的纹路。无意识的动作，来自被压抑的狂喜。伯恩感受到自己的心跳。神谕：七，四，零，三，二，四，九，一。八个数字与防火墙密钥的最后八位一一对应。伯恩默读神谕给他的数字，连续三遍。八位密钥越过陆地与海洋，进入黑客们的视线。

进度条填充区域推进至末端。

破解进度百分之百。

已撤退。可随时触发。左右视网膜各打出一行字。文字在完全淡出之际变成金色的对钩。

眼下，伯恩的黑客已经成功驯服了霍普斯的安保程序。熔融芯片的病毒已经植入，十二小时后生效。那时伯恩早已离开佩尔沃斯岛，而霍普斯将死于梦中。"我会认真考虑你的建议。"伯恩放下刀叉，抬头，表情严肃，"现在我们来谈谈怎么操作会比较划算。"

当天夜里，伯恩睡得很沉。这是六年来他睡得最安稳的一觉。梦里，霍普斯的大脑孤悬于太空之中，成千上万颗星星在它周围周而复始地旋转。一道鲜红色的闪光在大脑皮层表面绽放。熔融发生。变成半流体的大脑失去原有外形，在真空环境中逐渐凝聚成规则的球体，如同一颗浪漫的粉色星球。此后这颗粉色星球以标准的圆周轨道笃悠悠地旋转，直至天光大亮，伯恩醒来。

床头的智能语音助手告诉他，霍普斯已于清晨乘坐私人飞机离开佩尔沃斯岛，前往维卡总部，结束了时长两个星期的度假之旅。

# 路上

还活着,角膜在兜里,钞票在手上。滑阻从"青葉"的后门溜出去,跑出小巷,反复确认过这三件事,咧了咧嘴。好运来得匪夷所思。先是"青葉"里的这帮人突然间杀来杀去,然后死透了的老威廉救了他一命。于是今天他一下子赚了双份钱。

可他并没有交上好运的感觉。

有什么事情正在暗地里发生,但是他对此一无所知。老威廉的半张脸挥之不去,脑袋里回荡着简单利落的两个字:别动。他经过一家音像店,门口播放着震耳欲聋的电子舞曲,然后那两个字就自动带上了旋律。他最终决定还是去"血坛"转一转,但不确定自己是否会下注。老威廉剩下的半张脸使他失去了赌拳的心情。

"血坛"在两千米开外，滑阻步行前往。他抄了一条近路——穿过一座废弃的化工厂，拐弯，过桥，节省五百米路程。在五根虬结在一起的输送管道底下立着两座帐篷，四个流浪汉在帐篷旁边打扑克。他路过他们身边的时候放慢脚步，看了一眼牌局。留着脏辫的男人出了四个7，手里捏着一张红桃3。没人跟牌。脏辫男喜滋滋地摩挲着手里的红桃3。滑阻加快步伐。市中心升起了二十千米外都能看清的全息广告柱。

后颈一痛。

红桃3旋转着打在滑阻的脖子上。

滑阻回头，脏辫男站起来，右手摆着标准的飞牌手势，眼神空洞。"快跑。"脏辫男说。滑阻想起老威廉的半张脸，开始向前冲刺。另外三个流浪汉爆发哄笑。"我的红桃3呢？"脏辫男眨了眨眼睛，困惑地看着自己的双手。三个流浪汉笑得更起劲了。

紧接着那五根缠在一起的输送管道就砸了下来，把四个流浪汉压在了底下。距离最近的那根管道和滑阻只差半步的距离。脏辫男死得最惨——整颗脑袋几乎被管道砸成了一张平面。

妈的，真有你的。滑阻从腰间抽出手枪，漫无目的地开了三枪。两枪打空，一枪打中了锈蚀严重的反应器。命在，角膜在，钞票也在。他又确认了一遍，把枪插回腰际。幸运日，没问题。他冲着反应器上的弹孔龇了龇牙。计划不变，还是去"血坛"。

"血坛"在地下二层，楼上是一家饺子店。拳台被一个合金笼子围住，关着两个相互搏斗的拳击手。两张座位安装在笼子顶部，两名留着马尾辫的姑娘坐在上面操纵遥控面板。遥控面板通过拳击手脑部的植入体连接他们的运动系统，实现对拳击手的远程控制。坐在西南方向的姑娘绰号"死亡玫瑰"，在"血坛"胜率接近六成。滑阻挺喜欢她，因为她绿色的眼睛像两颗小巧的玛瑙。

但是赌拳就是另外一回事了。他到东墙边的小窗口那里下注一万信用点，赌"死亡玫瑰"的对手"血腥玛丽"赢。上周，他从老威廉那里听说"血腥玛丽"操控的拳手在皮下植入了最新一代的机电模组。一力降十会。"死亡玫瑰"悬了。拳手没有名字，一般就叫"红方"或者"蓝方"，根据短裤颜色命名。"死亡玫瑰"的拳手穿红短裤。

在拳赛即将开始前，滑阻挤到了观赛人群的最前面，双手抓着笼子的钢柱。回合钟声响起，滑阻注意到红方的双眼闪过一层粉白色的翳。笼门突然自内向外打开，红方向滑阻冲来。滑阻来不及掏枪，就被红方结结实实地撞倒。他清楚地听见自己肋骨断掉的声音。

一支短箭插入红方的咽喉，直没至尾部。红方眼球暴突，几乎就要脱离眼眶。在这个距离，滑阻能看清这个大块头白人眼球上的血管。"死亡玫瑰"在尖叫,双手毫无章法地按动遥控面板。深蓝色的字迹在红方的眼球上闪过,左右眼各两句话:

博诺街137号,快!
沿着孔雀路一直走,不要坐车。

# 远行

球体,两极稍扁。蓝与白在表面交织,颜色来自海洋和云层。棕色的陆地镶嵌其间,轮廓朦胧可辨。极光在两极舞动,绚烂如虹。晨昏线静默地分割着昼夜两半球。

当"赫利俄斯号"飞船飞出穹顶,透过望远镜,"曙光号"在苏妍面前显露出它的真实面貌。

酷似地球。

这和官方的宣传大相径庭。在埃索伦公司的官方主页上,"曙光号"是一个如同灰水晶般的半透明球体,灰色透明的质感来自碳纳米平面体和石墨烯。这张虚假的照片用来掩盖一个惊人的真相:埃索伦公司在"曙光号"表面建设了包括岩石圈、水圈、大气圈在内的外部圈层。

现状超出了苏妍对于未来最狂野的想象。她以为自己入职后会成为普通的白领，上班一身职业套装，朝九晚六，周末加班，上下班开一部小车通勤。按照埃索伦公司在招聘启事上开出的工资，她足以租得起老城的两室一厅，那么她就可以把母亲接过来住。所以，当霍尔把她带离那条布满涂鸦的小巷，苏妍寻思着该怎么向霍尔借一笔钱用来打车和住宿——而命运开始向她展现那些她永远想象不到的层次。

在巷口，埃索伦安全组乘坐浮空车离开。一辆黑色的宾利跑车停在了苏妍身边，车门如双翼般打开。苏妍上车后，车门自动关闭，霍尔隔着车窗朝她挥手。没有司机，自动驾驶的宾利在两秒钟内加速到九十千米每小时。

随后宾利的自动驾驶系统告知苏妍，它正带她前往市区的丽思卡尔顿酒店。驾驶途中，警方向苏妍的手机发送了一份加密文档，说明前因后果。半夜两点十二分，埃索伦公司人力资源部门决定录用苏妍，职位 C14 级，是技术岗的最高等级。系统随即更改了苏妍的工作信息，此前一直是无业状态。手机以推送和来电两种形式向她传递这两则消息，但当时苏妍正在被带往穿花衬衫男人的窝点的路上。苏妍十五岁时植入角膜的第一代威尔光学人眼镜头救了她一命——这个比隐形眼镜薄得多的膜状物实时捕捉肉眼所见到的画面，并将其传输至威尔光学的云端服务器保存。云端服务器的人工智能从视频画面中检测到犯罪行为。埃索伦安全组出动,在穆森大道顺路捎上雷迪·霍尔。花衬衫男人原本不会被当场击毙,但他的伤害性行为令埃索伦安全组不得不出手。这份报告刻意淡化了以下事实:在桥墩遇劫时,威尔光学人眼镜头已经将犯罪视频传输至云端服务器,但云端服务器的人工智能并未将其上报警方。直到系统认证苏妍为埃索伦公司的C14级员工,威尔的云端服务器才报警,并同时通知埃索伦公司。

但即使是C14级员工也没有如下待遇:惊动埃索伦安全组,被无人驾驶的宾利出驻车带往丽思卡尔顿酒店。她躺在马尾毛填充的乳胶床垫上,恍如隔世。睡到十一点半,苏妍趿着拖鞋来到餐厅,餐厅服务员获悉她的房间号后引导她来到西北角的贵宾包间。早午餐的餐品悉数亮相:培根、太阳蛋、烤生蚝、龙虾羹、可颂面包、白葡萄酒。饭后,回到客房,服务生送来了一个笔记本电脑大小的包裹,层层叠叠的奢华包装只是为了兜住一张信用卡大小的卡片。卡片通体雪白,华美纹饰围着一行烫金的短语:

*沃姆医学中心终身会员卡*

卡片背面写着她母亲的名字。

下午,她给母亲打电话,小心翼翼地告知自己的境况。她担心母亲的心脏承受不了这份狂喜。通话结束之前，她反复确认会员卡的账户和密码都已经绑定在母亲名下。会员卡里的十万余额能为母亲换一对业内最好的人工肾脏。晚上六点半，第一个月的预支工资打到了自己的账户上。十五万六千美元，税后。相当于招聘启事上承诺的一年薪水。她把钱全转到了母亲的账上，然后为她在老城治安良好的绿区租了一间两室一厅。第二天，无人驾驶出租车来接她，是一辆粉红色的法拉利。车载人工智能告诉她，车窗用的是防弹玻璃，军用级别，能抵御七点六二毫米的子弹。

她被带往机场，等候她的是埃索伦公司技术部门总监琼森·梅洛尔。她在梅洛尔的带领下飞往埃索伦公司总部。总部位于东京近郊，其外观是一个靠磁力悬浮的巨大球体。埃索伦公司的董事长佐藤昭彦接见了她。这个小个子日本人是埃索伦公司背后的跨国财阀在一系列隐秘斗争后挑选出来的角色。寒暄，握手。在日式屏风后的会议室签署聘用合同。合同为期五年，任何一方违约需缴纳三倍于苏妍五年工资数额的违约金。在会议室，苏妍隐约了解到"曙光号"表面拥有一整套生态系统，并目睹了她面试地点的真实面貌——在那栋巴洛克式建筑内部，确实只有一整片没有任何隔断的空间，但却堆满了形状各异的复杂设备。

东京之行不乏形式主义。在前往下一个目的地之前，她大着胆子提出想要逛一逛银座。梅洛尔向她的上司请示，得到的批复是允许，但限时一个半小时，三名其貌不扬的日本保镖全程陪同。她在银座的一家二手书店购买了一本《国家地理》，二〇二三年五月号。该杂志于二〇三九年停刊。然后她乘坐私人飞机前往佛罗里达半岛的卡纳维拉尔角。在飞机上，梅洛尔告诉苏妍，她的工作地点在八点三光分之外的"曙光号"上。

在卡纳维拉尔角的肯尼迪航天中心，她见识了"赫利俄斯号"。纺锤形，钢蓝色，和一节火车车厢差不多大，表面如镜面般光滑，像是某种现代雕塑。她身着在银座购买的藏青色短风衣登上"赫利俄斯号"。在此之前，她一直以为自己需要换上宇航服之类的特种服装。

人工智能全权接管飞船运行。随着高度不断上升，地面曲率逐渐浮现。最终，一个完整的球体出现在苏妍的视线中。她回忆起中学地理课上，老师出示了美国阿波罗17号飞船拍下的地球照片，因地球的蔚蓝外观而被命名为"蓝色弹珠"——如今被穹顶覆盖的地球却显得灰蒙蒙的，像是一颗形状颇为标准的泥丸。

"赫利俄斯号"上的生活枯燥而规律：吃饭，睡觉，淋浴，读书。苏妍捎上了她在银座买的杂志，二〇二三年五月号的封面是几头非洲象，主副标题字体不一：大象的秘密——关于我们所了解的地球上最聪明的动物之一。

但最后一头大象灭绝于穹顶建成之前。她需要在"赫利俄斯号"上完成的唯一任务是阅读埃索伦公司提供的技术文档，一共七十三页，被打印在铜版纸上，精心装订在牛皮革制成的封面里。起飞前，梅洛尔告诉她，这份技术文档里有大量埃索伦公司未曾公开的资料。她有一种预感，技术文档所提供的真相多少会令自己感到不安。于是她选择在"赫利俄斯号"减速降落的时候去读它。

在经历了约五十三个小时的飞行后，"曙光号"在视野里变成了一个巨大的曲面。曲率随着"赫利俄斯号"的降落在眼前缓缓消失。她打开技术文档，翻开第一页。然后在强烈的惶惑之中意识到自己是对的——"曙光号"表面不仅拥有完整的外部圈层，还住着五百多亿生活在高度工业化社会的人类。

# 交易

电子投票系统极为简洁：米白色界面，两个虚拟触控按钮，一红一蓝。简洁到近乎简陋的投票系统与会议室风格统一：黑色地板，白色墙面和天花板，围绕着灰色长桌和十三把黑色真皮座椅。关于收购案的讨论在公开和私下场合已经进行过上百次，收购决策会议直接进入最终的投票环节。只是走一个形式。每一个人的选择都早已尘埃落定，彼此全都知根知底。

按下按钮，投票。系统计票，唱票。整个过程不超过一分钟。六比七。霍普斯的一票奠定了维卡被收购的命运。随后进入下一个议程：如何与森宗展开谈判。讨论进度极为卡顿，大家在每一个细枝末节上争论不休。争论逐渐演化为争吵，琐碎的男人的声音叽叽喳喳。

伯恩话很少，他的视线全程锁定着霍普斯。看不出异常。霍普斯的举手投足无比自然。他回忆起安保队长汗津津的面容。替身，绝对是替身。安保队长在视频通话中言之凿凿。伯恩姑且相信存在这种可能，直到被怀疑是替身的霍普斯出现在自己眼前——如假包换的霍普斯，脸上挂着无可复制的笑容。

在此起彼伏的混乱人声里，霍普斯的声音逐渐占据上风。他的领导力来自他清晰的逻辑和强大的气场。熟悉的配方。在佩尔沃斯岛上，伯恩见识过这个组合所带来的说服力。但此前霍普斯从未在自己面前这般崭露头角。这也不难理解。所谓山中无老虎，猴子称大王，自己领导力的衰弱必然伴随着霍普斯之流的崛起。伯恩想象着那颗大脑如何兢兢业业地工作，但只得到了一个准静止画面：一团被脑浆、血液和血脑屏障包裹起来的湿漉漉的东西，电信号和生化物质在每一道沟回之间川流不息。

本质上说，就是这么个东西在策划，在交谈，在聆听，在注视在场的所有人。绝大多数暗杀都是为了搞死这堆东西，无论是射杀、爆破还是斩首。十三人的会议在本质上是十三颗大脑之间的连接，无形的数据在它们之间循环往复。这也是整个社会结构的缩影：成千上万的脑仁儿彼此相连。想看到全貌，就要缩小比例尺，距离滤去了大脑自身的形状，每个脑仁儿看上去只是一个没有结构的点,就像星空,彼此旋转的成千上万颗星星,无形的引力拉扯着它们。隐形的线,交错,连接……

神谕……

窒息感顺着四肢百骸蔓延到全身。

会议室里只剩下霍普斯的声音,偶尔夹杂着咳嗽声和掰动手指的脆响。伯恩离开会议室,左转,来到位于走廊尽头的卫生间。他站在洗手池前,镜中的自己是一个粉嘟嘟的脑仁儿。深呼吸,用力眨眼。幻觉闪烁片刻,消失。他重新看见自己有些过度聚拢的五官。

镜子里,霍普斯的侧脸笃悠悠地从边缘挪到中心。

"嘿。"伯恩下意识吐出一个音节。

"老兄,"霍普斯的右手搭上伯恩的肩膀,"你看上去不太好。"

"很不好。"伯恩掉头走向卫生间出口,"但你看上去很不错。"

"你确定要对一个死人这么说?"

"什么——"

"七四零三,二四九一。"霍普斯敲了敲自己的脑袋,"你记不记得这玩意儿做过一台人工颅骨替换手术?"

用遍布电极的合金外壳替换颅骨,从此脑袋便能扛住小口径手枪的近距离射击,这一高危植入体手术是帮派人士的最爱。三年前,霍普斯跟风做了这一手术,结果感染了严重的脑膜炎。"这么说你知道神谕,也知道自己脑子里被植入了病毒。然后你把你的合金脑壳扒拉开来,做了一个覆盖软硬件的颅内体检。随后,病毒被清除,故事结束。"伯恩说,"好,现在咱们来聊聊,你究竟是怎么知道神谕的?"

"误会大了。"霍普斯挠了挠头,"我原本想说的是祸福相依——这个当年看来该死的手术产生了意料之外的效果,使我找到了更具说服力的方式。"话音刚落,霍普斯低下头,合金颅骨自中缝向两侧打开。

没有大脑。

一堆混沌的粉色物质如同粉汤。

伯恩弯腰干呕。一小块浸润着脑浆和鲜血的脑组织从霍普斯敞开的颅腔里掉了出来,落在两人之间的地砖上。"如你所见,霍普斯死了。"敞开的脑袋上,那张血色饱满的嘴唇仍在说话,"你可以把霍普斯的身体当作传声筒。"

"你是神谕……"

"按照神谕的安排,这位精明的副董事长已猝死于午夜,"霍普斯的合金颅骨合拢,抬起头,"从而错失他那宝贵的一票。"

"但你打破了神谕的安排。"伯恩抬起头,"为什么?"

"我需要你为我做事。"霍普斯目光收缩,笑容隐去,判若两人。

"但你没必要借死人发声。"伯恩从纸巾架里抽出卫生纸,擦掉地上的脑组织,"更没必要剥夺我的公司。"

"我需要让你意识到我的力量凌驾于神谕之上。另一方面,我要你做的事需要你有破釜沉舟的勇气。"霍普斯双眉竖起,眉间褶皱仿佛尖锐的裂谷,"如果你仍旧抱着你的破公司,你不可能接受我的委托。"

"先说说我能得到什么?"

"你想要得到什么?"

"九大公司的全部产业。"伯恩走进距离自己最近的隔间,把沾着脑组织的卫生纸丢进马桶。

"格局小了,兄弟。"

"你的意思是?"伯恩按下抽水键。

"帮助我。你会得到一整颗星球。"

# 星空

博诺街137号在一座名叫千瑰岛的岛屿上。原本这块地并不是岛,而是一块面朝穆尔河的滩地。十三年前,森宗集团在这里开凿了一条运河,方便水运。运河把这块滩地与市区隔开,于是就制造出了这么一个孤悬于市区之外的岛屿,一侧朝向穆尔河,一侧朝向运河。穆尔河对面是农田,种了一大堆黄花烟草。岛屿两端有两条和市区相连的人车混行隧道。

依照那两行在死人眼球上闪过的字,滑阻得沿着孔雀路步行将近九千米。一路上他一直在纠结自己到底要不要听那两行字的。肋骨很痛,滑阻想去后街的无名诊所,那个叫贝拉的女大夫手艺还行。或许他也可以打车去博诺街137号。但每当他这么想,老威廉的半张脸就会浮现出来。

他在晚上八点左右登上了千瑰岛。岛上很暗。沿途偶尔会有光线从破碎的窗户里有气无力地渗出来。黑暗滤去了大多数细节——五米开外，滑阻只能看到建筑的轮廓。但凑近看，就能看到斑驳的墙面、稠密的蛛网和流浪猫狗在墙根留下的尿迹。

很难想象，这座被遗弃的孤岛曾是度假胜地，而岛上这些破败不堪的建筑都曾是独栋别墅、豪华酒店和五花八门的高级俱乐部。转折发生于七年前的夏天，千瑰岛突然暴发了不明原因的瘟疫，岛上的富豪们在一天之内死于某种全身性的溃烂。溃烂首先发作于生殖器官，然后迅速向全身蔓延，像是某种性病。接着便是封锁、隔离、采样。对病原体的调查无疾而终，所幸瘟疫并未扩散。四年后，病原体的身份终于水落石出，系定向 DNA 武器，用来无差别杀死当初在岛上度假的所有人，但幕后的主使者至今不明。虽然瘟疫早已结束，但已没有任何上流人士愿意来此居住。不过千瑰岛上的建筑仍旧是公司资产。为了防止有人鸠占鹊巢，公司定期派人在建筑内部配备了自动火力。据说有些社会边缘人物干掉了这些会自动识别目标的步枪和榴弹炮，然后永久性地居住在这里。公司则对此睁只眼闭只眼，不时派无人机往岛上喷洒剧毒的蒸汽。

博诺街 137 号在千瑰岛的尽头，是一栋复式的二层小楼，在一堆奢华的建筑群中显得十分不起眼。滑阻穿过杂草丛生的花园，敲了敲掉漆的正门。无人应答。而他的额头、左胸和裆部同时出现了三个鲜红色的激光瞄准光点。拱形阳台上隐约有枪管的身影，但看不到枪手。"有人要我来找你们。"滑阻举起双臂，"一个死人，打拳的，傀儡拳手。我第一次碰到用眼珠子传话的。你们了解吗？"

"滚。"有个男人在阳台上说，声音有些尖。原本位于滑阻裆部的光点移动到了他裆下的无名花朵上。枪响。滑阻下意识退开三步，生怕跳弹击中自己。

接着门后传来了惊呼声，然后是絮絮叨叨的吵闹声。滑阻身上的光点消失。门打开，站着一个黄种男人，三十岁上下，大高个，肌肉鼓突，高颧骨，戴半框眼镜，黑色的瞳孔表面镂刻着金光闪闪的电路图案。"进来吧。"眼镜男上下打量着滑阻，"你看着像是踩到了一大坨狗屎。"

滑阻不置可否地耸了耸肩，走进房门。室内比室外还暗。"一个死人，打拳的，傀儡拳手。你说的这家伙，角膜上植入了LCD膜。"眼镜男拧了拧墙上的开关，天花板上一个灯泡亮了起来，"请原谅我们谨慎过了头，在这里过日子并不太容易。"

灯泡发出昏暗的洋红色灯光，滑阻勉强能看清室内。房间很空旷，胡乱摆着几个桌椅，墙壁上到处都是紫色黏块，像是嚼过的口香糖。"被改造过的酵母菌落，能解毒。"眼镜男向上指了指，"那帮孙子隔三岔五就会投毒。"

随后眼镜男指向一个布满洞眼的沙发，洞眼里也塞满了紫色黏块。滑阻犹豫着坐下去。一个小个子黑人从像是卧室的小房间里跑出来，手里抱着一个镶嵌着激光透镜的黑盒子，连接黑盒子底部的线缆一直通往那个小房间。滑阻伸长脖子往小房间里看，只能看到房间的东北角落。那个角落里塞满了一大堆主机、插线板和显示器。

"我叫伊桑·楚。"眼镜男说，坐在滑阻对面的一把木质圈椅上，接过小个子黑人递来的黑盒子，"他叫杰拉德·斯宾赛，咱们管硬件的小弟。"斯宾赛面无表情地点了点头，按下了黑盒子侧面的一个按钮，黑盒子上的激光透镜一下子亮起，投射出一张全息投影——

不计其数的光点拼出了一个平面的螺旋结构，中心的光点密度最高，形似银河系。密密麻麻的曲线和折线穿梭在这些光点之间，形成极为复杂的拓扑结构。一根带刻度的灰色线段悬在画面顶部，中间镶嵌着一根红色箭头，代表时间轴。

"网络空间星图。互联网数据的抽象化表现形式。"滑阻说，"我见过这个，在一间酒吧。有个家伙想在我们面前露一手，冲着一个鳏夫折腾了一点可笑的黑客行动。"

"说起来，我们和你见过的那种人很像。但不是你遇到的那种菜鸟。"伊桑说，"你的故事要从这张图说起，而你唯一需要的是耐心听讲。"伊桑把手伸进全息投影，做了一个缩放手势。边缘区域的星空被放大,更多细节涌现。小比例尺下完全呈点状的光点经放大后显示为不规则的袖珍几何体,颜色不一,像是造型五花八门的小行星。

"这是你认识的那个威廉……不,老威廉,在网络空间星图里的样子。"伊桑左手拇指和食指夹住画面中央一个有点像漏斗的光点,"三个小时前,他还在线上活蹦乱跳。"时间轴上的红色箭头开始自行移动,代表老威廉的光点在形状和颜色上连续发生变化,其间不时熄灭不时亮起。"注意,形状和颜色的变化代表用户数据的演化进程。"伊桑说,推了推眼镜。这些话滑阻当年听那个菜鸟黑客说过,但伊桑的口吻像是在辅导学生。"我真正要你关注的是老威廉所连接的其他光点。"伊桑的食指在老威廉四周画了个圈,"那些光点代表和老威廉有联系的人。"

乍看之下并没有什么值得被关注的地方——那些光点也在变化,时而熄灭,时而亮起。过了一阵,滑阻发现他们似乎在随着老威廉的变化而发生变化。似乎有一种同步性蕴藏在其中,老威廉和连接它的所有光点仿佛共同构成了某种整体性结构。"网络空间星图使我们能更直观地发掘数据变化的关联性。"伊桑说,右手双击连接老威廉和一个紫色纺锤体之间的抛物线,代码如瀑布一般从那根抛物线上流淌出来,"这里面有老威廉和一个叫诺玛的女人的聊天记录，很容易就能黑到手。其中谈到你和他的交易。那对角膜，啥型号来着？诺玛对它们评价很高，说老威廉这单赚大发了。"

从那根抛物线上流出的数据最终全部涌出全息影像边缘。时间轴上的红色箭头继续往前推进。在某一个节点，代表老威廉的光点突然消失，但那些和老威廉相连的线条却仍旧挂在那儿。"老威廉死了？"滑阻问道。伊桑耸了耸肩："嗯，这家伙的死动静很大。"

有那么一瞬间，滑阻以为伊桑说的是老威廉死后"青叶"酒吧里的动静，但随即发现根本就不是一回事。在网络空间星图上，老威廉之死像是往平静的水面里扔进去一颗石头——以消失的老威廉为中心，周围的星空分布格局自内向外急遽变化，直到全息影像的边缘处戛然而止。"你可以看到老威廉的人脉和商业版图有多大了。从网络空间的角度来看，这家伙死得堪称壮观。"伊桑说，"但和你的死相比，就小巫见大巫了。"

"啥？"

"我是说网络空间里发生的事儿。"伊桑说，把时间轴拖到老威廉被杀之前，指向距离老威廉约五厘米的一个光点，"注意看，这个小玩意儿就是你。"话音刚落，老威廉消失。五六秒钟后，代表滑阻的光点也突然消失。"所以，从网络空间的视角来看，老威廉死后，才过去一小会儿，你就死了，死得有多透就有多透。"伊桑说，点击滑阻的光点，时间轴上的箭头停止移动，全息影像跳出一个视频窗口，"然后咱们再看看酒吧里发生的事儿——对了，忘记告诉你，我们能黑进这座城市里的大部分摄像头。"

视频窗口只有巴掌大小。画面里，滑阻坐在吧台前，头顶的头发突然断掉一绺。那枚打穿滑阻头发的子弹最终击中了冰箱，空腔效应制造了一个橙子大小的洞。"那颗子弹是冲着你去的，所幸你听了老威廉的话。然后网络空间就判定你死了。是不是很有趣？"伊桑挠了挠颧骨，点了一下视频窗口顶部的叉号，"更好玩的是，你居然又活了过来。"

视频窗口消失，星图随着时间轴继续演化。代表滑阻的光点突然出现，还是在原来的地方。又过了一阵，代表滑阻的光点再次消失。"管道砸下来，但没砸中你。"伊桑说，"但网络空间判定你又死了。"

"然后我马上又要复活了。"滑阻说，"但很快就要再死一次。"

"确实。"伊桑说。滑阻的光点再次出现，再次消失。"那个傀儡拳手救了你一命，但是网络空间一时半会儿还不这么认为。不过它马上就回过味儿来了，一会儿又把你从死亡名单上剔除了。"

"懂了。所以到底出了什么鬼？"

"耐心点,朋友。这得从我的日常工作说起。"伊桑用手指挤了挤鼻翼上的油脂,把星图重新缩放成银河系的样子,"首先,我和你一样是职业人士,在网络空间玩儿,卖点见不得光的软件,黑进某个数据库搞点商业机密,或者暂时接管哪家倒霉企业的银行账户……这张星图咱们人手一份,至于能从里面挖出多少东西取决于各自的能耐。后来,有一个叫伊冯·乔柯斯的同行发现这张星图其实并不完整。"

"你的意思是,星图以外还有东西?"滑阻指了指星图边缘。

"没错。但不是在那儿。"伊桑打了个响指,"乔柯斯,你来跟这小子解释一下。"

"抱歉,在忙。"楼上传来一个女人的声音,"和这小子联通的数据量要把咱们的服务器撑爆了。"

"咱说到最好玩的部分了。"伊桑说,"这一段是你的主场。"

"这会儿也就你闲出屁来了。"女人说。接着传来咚咚咚的脚步声。一名苗条的年轻黑人女子从楼上走下来,一头圆寸,赤裸的双肩植入了一圈铆钉,左手捏着一个像是证件似的长方形扁平物件。"乔柯斯,晚上好。"滑阻主动打招呼。乔柯斯像是根本没听到,把那个长方形物件扔在一张木板桌上,物件和桌面的撞击似乎触发了什么机关，一块蓝盈盈的全息键盘从那个物件上方被投射出来。

乔柯斯开始输入，手指动作快得拖出了残影，滑阻估计她的手掌里安装有类似小型马达之类的植入体。银河系似的星图缩小了大约一半。就在星图的上下两侧，出现了两个漆黑的球体。上方的那个体积相当可观，直径几乎是整个房间长度的一半，下方的那个就只有篮球大小。从那两个球体的球心涌出不计其数的细线，色彩缤纷，与星图紧密相连。

"我们管它俩叫黑洞。"乔柯斯两只深棕色的手掌各自伸进那两团黑色的球体之中，"其中一个要宰了你，而另一个要救你。"

# 着陆

人造人，3D打印的血肉之躯，算法编译出的数字人格。苏妍从技术文档里默默建构起等式：第一项等于后两项之和。

坊间的传闻得到证实，人类器官正以3D打印的方式被批量生产。但人们只是朦朦胧胧地意识到这项技术是富裕阶层的长寿之道，并未进一步推断出这些人造器官已经能够组合成一具完整的人类躯体。至于另一项技术则始终隐身于幕后——二〇五七年，人工智能通过进化算法生成出独立的数字人格。于是，将数字人格输入人造人的大脑神经网络，便能制造出一个具备自我意识的人造人。第一个人造人诞生于二〇五八年的元旦，存活时间仅三分钟，死于肉身和数字人格的兼容性问题。第二个人造人的寿命延长到十七分钟,死因是数字人格内蕴的堆栈数据溢出。失败的人体实验共计两千三百二十五例。此后,实验进入正轨,后续的三千五百零三名实验对象均能稳定生存。所有实验对象在经历了为期一年的人体实验后被悉数销毁。

人造躯壳和数字人格以流水线作业的形式被批量开发。工厂位于"曙光号"表面的赤道地区,如今已被拆除,不留丝毫痕迹。人格注入人造躯壳的过程同样被流水线化。与此同时,埃索伦公司在"曙光号"表面建构起自然生态系统和人类聚落,被命名为"建构 2.0"工程。总计生产出五百三十九亿五千零七十二万个人造人,输入其脑部的数字人格包括植入式记忆。于是,每一个人造人都有了固定身份和其所从属的社会关系。技术文档中列举了三十二个人造人作为典型例证,苏妍只对第一个例证记忆犹新:陈可,男,三十七岁,平面设计师,在科诺集团工作;离异,育有一女,居住在沃伦德路 30 号 208 室。

这个叫作陈可的男人,长着一张和苏妍的父亲一模一样的脸。

人造人工程与"建构 2.0"工程并行不悖地展开,并按计划在同一个月内完工。所有人造人按照其个人身份被部署到相应位置。在进行了六十七轮系统自检后,所有人造人被同时开机。三十七岁的陈可再度被引为例证——开机瞬间,他置身于客厅,正在张罗他女儿陈玥的十岁生日派对。就苏妍的视角而言,陈可的人生从这一刻才真正开始。但在陈可看来,他的人生已经过去了三十七年零五个月。他在给客厅布置气球的同时,正在为前妻将要在女儿生日那天到来而感到苦恼。但他不会知道,他和前妻之间的所有不愉快其实从未发生。唯一真实的是他和女儿之间的血缘关系——人造器官的设计细化到每一个细胞的DNA,因此从基因的角度来看,陈玥毫无疑问是他的女儿。

庞大的社会网络开始运行,每一个人造人占据着专属他个人的初始社会生态位。虚假的历史记忆被植入数字人格中,人造人认为自己拥有数百万年的生物史和数千年的文明史。还有一部分伪科学论述被植入数字人格的底层算法内部,从而令他们对于自身文明的宏观认知能够自洽——文明诞生于一颗巨大的类地行星表面,与一束由恒星转化而成的切尔诺斯曼天体相互衔接;切尔诺斯曼天体是一束不断向外发出激光辐射的狭长等离子体,持之以恒地向行星表面供给光和热。

所谓的切尔诺斯曼天体,不过是"曙光号"向地球供热的巨型激光束。

而真正给予他们热源的是被"曙光号"包裹着的恒星。"曙光号"内面的量子点光热转换阵列持续吸收太阳光热,再将热能向"曙光号"表面的外部圈层输送。在

"曙光号"所吸收的光热中，只有不到百分之五的热量通过激光束发射装置被传输到地球。又一个谎言：埃索伦公司号称"曙光号"获取的太阳光热几乎全都提供给了地球。于是苏妍也就理解了老城在穹顶落成之后总是阴雨连绵的原因。

随后技术文档介绍了"曙光号"的部分工程学原理：分布式光照阵列，热传导系统，以及热量控制体系。分布式光照阵列由部署在"曙光号"大气中的光辐射微粒组成。每一颗光辐射微粒的半径仅三十微米，呈半透明状，肉眼完全不可见，辐射功率仅零点零零三瓦，但每平方米范围内只要部署五万颗光辐射微粒，就能为该地区带来每平方米一百五十瓦的照明。通过对光辐射微粒的亮度进行自动化调节，即可实现对局部地区明暗的控制，从而形成全球性的昼夜节律。

然而，分布式光照阵列提供的热量还远不能满足生态需要，因此还需借助热传导系统为"曙光号"表面供热。"曙光号"的面积是地球的两万八千多倍，绝大多数陆地表面荒无人烟，在与世隔绝的无人区大规模铺设热辐射涂层，便能将"曙光号"吸收的太阳光热以黑体辐射的形式向大气输送。自运行的热量控制体系为"曙光号"表面各区域分配热量，从而奠定"曙光号"的基本气候格局，而热量分配的动态变化为"曙光号"表面带来了四季更替。

技术文档的末尾是一张空白页，正中央有一个简易凹槽，凹槽内部插着一张卡片。苏妍用了不小的力气才把它抽出来。全息影像从卡片的右上角投射出来——一张"曙光号"的三维球面立体地形图。立体地形图的下方配有一组简明手势示意图，以说明移动观察视角或者缩放地图的具体手势。二分陆，八分海。苏妍把球面地图转了几圈，初步判断出海陆分布比例。地球表面陆地大多成片相连，但"曙光号"表面的陆地被海洋分割得十分破碎，因此大多以岛屿的形式呈现。不过，由于"曙光号"的表面积是地球的两万八千多倍，因此哪怕是小型岛屿的面积都堪比北美大陆。倘若把"曙光号"缩小成地球大小，那么和北美大陆差不多的岛屿就变得只有柏林那么大了。

当全息地图因电量不足而开始闪烁的时候，"赫利俄斯号"正在进入"曙光号"的大气层。舷窗外变得愈发明亮，仿佛清晨逐渐泛白的天光。随着高度进一步下降，大气密度增加，船身与大气层的摩擦愈发剧烈，"赫利俄斯号"周身火光熊熊。舷窗的玻璃自动调成深灰色，以防止耀眼的光芒灼伤乘客的眼睛。

下降至一万两千米高度，"赫利俄斯号"开始水平飞行。在一片海域上空，"赫利俄斯号"骤然减速，悬停，随后缓缓降落，直至没入海水中。发动机关机，"赫利俄斯号"自然下沉。船身发出的淡黄色光晕吸引着光怪陆离的深海动物靠近。半小时后,"赫利俄斯号"触底,船身向前方移动半个身位,令飞船舱门与"曙光号"海底控制基地的出入口对接。底部舱门打开。苏妍俯视脚下——一条陡峭的金属梯垂直向下,通向狭窄的过渡通道。她小心地攀下金属梯,穿过过渡通道,进入通道尽头的过渡舱,铁灰色的四面墙壁上各镶着四块椭圆形的合金门板。身后舱门和控制基地出入口相继关闭。一名穿着灰色高领毛衣的白人女子站在过渡舱里,四十岁出头的模样,面容冷峻。罗珊妮·米勒,苏妍的顶头上司。在东京的时候,梅洛尔对着一张合影向苏妍介绍过"曙光号"上的骨干成员,而米勒就站在合影最当中的位置。"原本是有新人入职仪式的。"米勒向左侧的一扇门走去,合金门板自动滑开,"但我们赶时间。"

头顶传来刺耳的轰鸣声。"赫利俄斯号"升空时的咆哮声穿过了十英寸厚的沉重钢板。苏妍跟着米勒跨过铁灰色的门槛。她们走进一间面积约五十平方米的六边形房间,房间的六堵墙壁被六块屏幕完全覆盖。大小不一的视窗从屏幕上不停地弹出来,层层叠叠如同一沓沓错开的纸牌。房间正中坐着三个印度裔男人,全神贯注地敲击着全息键盘。米勒带着苏妍横穿整个房间,来到入口对面的墙壁跟前。

三个印度裔男人自始至终没有瞧她们一眼。

被屏幕覆盖的墙壁没有可见的门。米勒步履不停,径直穿过了屏幕和墙壁。汹涌的代码流在她身后掠过。苏妍犹豫半晌才迈出脚步,同样顺利穿过。但其实并没有什么墙壁,也没有什么屏幕。和印度裔男人手中的键盘一样,那堵墙壁和那张屏幕都只是全息影像。"除了入口的那堵墙壁,其他都是假的。"米勒说。而她们刚才穿过的房间是由过渡舱的外墙和五块全息影像圈出的一方六边形空间。现在,她们身处于另一个六边形空间,周围的隔断同样是六张全息影像。同样有三名员工在工作,但这回是一名白人和两名黑人,也像是没看见她们一样。

随后米勒带着苏妍穿过了几十个这样的"房间",而它们其实都置于一片完整的空间之中,途中没有任何人注意过她们。"记不记得你的面试官跟你说过,我们对全息影像做减法?"米勒说,穿过一张因故障而不断闪烁着雪花点的全息影像,"在工位上,他们看不到工作内容以外的任何东西。"

穿过这张有故障的全息影像后,苏妍刹那间以为自己置身于面试时待过的大厅——高四层楼的巨大空间,空无一物。空空荡荡的空间里只有一把椅子——皮革表面,底部有八爪滚轮,加长的背板上方安装头枕,看上去像是高级的办公椅,与众不同的地方在于背板和头枕上布满了各种各样的电极。"坐。"米勒说。苏妍如面试时那般正襟危坐。"你可以管它叫中控厅。"米勒说,"来,躺着坐,靠着头枕。"苏妍照做。"原本安排你先休息一晚上,再花半天熟悉一下环境。"米勒说,"但时间来不及了。"

苏妍无端地想到自己在丽思卡尔顿酒店度过的一天和在银座闲逛的一个半小时。

"你是不是觉得自己在地球上待得太久了?哈,大可不必。"米勒对着空气指指戳戳,苏妍估计那里其实放着设备,只是自己看不到,"地面上的人之所以给你充足的时间来享受生活,是因为他们参考了心理学团队的建议。他们需要你从应激状态中回过神来,尽可能有个好心情。对你将要从事的工作来说,初始心理状况——也就是此时此刻的心理状态至关重要。"

"谢谢。"苏妍说,"我现在心情挺好的。"

"不,只能说凑合。因为你现在很紧张。"米勒说,双手之间浮现出一块全息键盘,"对于你的心理监控一直在进行,所以我刚才能读出你的想法。"米勒按下回车。长宽约一米的全息影像在苏妍眼前浮现——函数,图表,文字描述,隶属于对情绪和认知的定性和定量分析。埃索伦公司的心理学团队从苏妍踏进面试大厅的那一刻就开始记录她的心理状况,但从苏妍离开面试地点到被埃索伦安全组拯救之间的六个多小时里没有数据。比较扎眼的部分是她的植入体实验记录。每一条记录都以深绿色的曲线为枢纽，连接着一串串苏妍完全看不懂的数据。其中，人工淋巴导管和神经扩展器的记录被醒目的红圈标出，所有关于神经扩展器的拼写都采用了大写字母。这两部分记录所关联的数据量庞大得惊人，几乎占据了整个全息影像的一半。

"心理学和植入体实验有什么关系？"苏妍问道。

米勒耸了耸肩，继续冲着虚拟键盘和苏妍看不见的设备忙活儿。全息影像消失。过了一阵，米勒走向苏妍，左手向上张开。苏妍看见她的掌心躺着五张面试时见过的银色薄膜。"放松。"米勒说，逐一将薄膜等距贴在苏妍的额头上，"十秒钟准备。"

深呼吸。

倒计时十秒。

苏妍开始尖叫。

# 等待

浮空车在洋面上空一千两百多米的高度飞行，然而伯恩完全无法感知到丝毫位移。这是匀速直线运动的必然结果：在没有参照物的情况下，没有任何生物能在体感上区分浮空车究竟是静止不动，还是在进行匀速直线运动。方圆千里，他的头顶和脚下始终是两片无限延伸的纯净蔚蓝——没有云，没有浪，没有任何可供视线锚定的参照物。他身后的四架无人反潜直升机，与其说是"跟随"，不如说是一同被"粘贴"在这片静止的背景板上。天空、海洋、战术载具——在这幅绝对静止的构图中，战术载具显得格格不入，仿佛某种扎眼的赘生物。

浮空车的自动驾驶系统带领伯恩前往指定地点：东经73.974006度，南纬13.360217度。在维卡总部的卫生间，霍普斯连珠炮似的念出一组经纬度坐标。你需要在明天下午五点之前抵达，拯救一个历经磨难的姑娘。霍普斯的声音突然间变得嘶哑：记住，整颗星球的命运都将取决于她。

他所要拯救的姑娘名叫苏妍，乘坐的微型潜艇将会出现在深度约五十米的表层海域。潜艇呈流线型，形如子弹，舱内坐着五到七个人，而他所要拯救的对象有一头黑色的短发，身着藏青色短款风衣。至于另外几名乘客则无足轻重。在这艘潜艇后跟着三艘护航潜艇，这是伯恩必须先行消灭的目标。当晚，伯恩委派私人安保团队从军工仓库调取战术浮空车和反潜直升机。反潜直升机搭载十六枚反潜炸弹、七枚自导鱼雷和备弹三千发的重机枪，届时将组成楔形编队。战术浮空车内部丰富的插槽和接口使伯恩可以更加自由地搭载武器和防护装备，他根据霍普斯的要求在浮空车上安装了磁轨炮、超短脉冲战术激光器、等离子武器系统和电磁屏蔽护盾。作战将由浮空车上的 AI 执行——届时，反潜直升机编队的控制权限也将由 AI 接管。

伯恩于凌晨两点二十三分出发，而霍普斯死于同一时刻——他的医疗植入体在卧室发出响亮的悲鸣，提示霍普斯已无生命体征。市中心医院收到植入体发送的急救请求，但赶来的医生已无力回天。浮空车的人工智能在凌晨四点向伯恩通报了霍普斯之死。然而伯恩早在出发之前就已经知道这具傀儡的血肉之躯将要死亡——在维卡总部的卫生间里，隐身于霍普斯背后的发言者告知了霍普斯的具体死亡时间。

下午四点二十分，浮空车开始减速。座椅内置的惯性抵消系统精确施加反向作用力，消除了减速时的前冲感。四点二十七分，伯恩抵达指定位置。浮空车与反潜直升机编队保持悬停，通过高分辨率多波束三维声呐对方圆一千七百米的海域进行扫描。

声呐扫描得到的图像以全息影像的方式投影在距离伯恩头部半米左右的位置，经声呐图像处理技术和色彩增强技术调整后展现出色彩斑斓的海洋景观。伯恩随手放大某一局部区域，海洋生物的面貌变得清晰可见。伯恩认识其中的一部分：乌贼、黄鳍金枪鱼、鲯鳅、飞鱼、宽吻海豚、绿蠵龟、月亮水母。偶尔有鲨鱼出没于这片海域，伯恩认出了大白鲨和长鳍真鲨。

游弋，捕食，猎杀。生存，死亡，繁殖。仅仅是表层海域的生物活动就已显得极为复杂而混乱。但混沌之中自有秩序：生态平衡、生物自组织系统、如开枝散叶般分化的生态位……仿佛不计其数的水分子在毫无规律的热运动中组成了一杯液面平静的水。混乱中的秩序，秩序中的混乱。犹如人类社会。成千上万的人际关系高度混乱，却从中诞生出了一张有序的社会网络。不过归根到底还是大脑之间的互动。唯一不甚确切的地方在于，诸如海葵之类的动物没有大脑，只有分散在身体表面的简化神经网络。那就是不计其数的大脑和简化神经网络共同构建起统一的海洋生态。那么，如果再缩小比例尺，放大范围……无论是大脑还是简化神经网络都统统收缩成光点，酷似群星……旋转。

神谕……

熟悉的窒息感再度涌来。

下午五点，声呐仍旧没有任何发现。伯恩加强声呐的扫描范围和强度。高强度声呐立刻产生肉眼可见的效应：鱼群或战栗不已，或无意义地折返。此刻，高强度脉冲声波正在伤害海洋生物的听觉系统，并导致它们迷失方向。原本自混沌之中涌现的宏观秩序开始崩溃。但它们不会意识到诱发灾难的声音来自何处。就像神谕，还有隐身于霍普斯背后的发言者，凌驾于复杂系统之上的未知力量，掌握着难以置信的生杀大权……

警报声突然响彻驾驶室。

四艘微型潜艇自西南方位驶来。

# 黑洞

"在此之前，我们一直以为网络空间星图是一个近似二维的平面结构。"乔柯斯把一把塑料扶手椅搬到了全息键盘旁边，大剌剌地坐下，"而在七年前，我在挖掘星图边缘数据结构的时候，发现有什么乱七八糟的东西顺着第三个维度向星图涌过来。然后我就顺着这堆像是乱码一样的数据流挖过去。真他娘的大工程，最难的一次黑客行动。三个月后，我找到了这两个家伙。"

"代价是呼吸骤停，差点猝死——"伊桑从斯宾赛的房间里端出来一只掉漆的棕色马克杯，里面盛着满满的黑咖啡，"神经系统距离超载就差那么一点点。"

"然后我们开始研究这两个家伙的数据结构，结果一无所获。里面的代码乱七八糟，或者说狗屁不通。总之完全不是咱们能够理解的东西。"乔柯斯把杯子搁在桌上,语速越来越快,"这有点像黑洞。黑洞里有一个体积无限小密度无限大的奇点,物理定律在那玩意儿面前失效。同样地,在那两个长得像黑洞一样的球里面,已知的计算机理论对其完全失效。"

"这是啥情况?"滑阻学着伊桑的模样缩放星图,看到每一颗光点都与两个黑洞相连,"这俩货和咱们每个人之间都有数据往来?"

"没错。哪怕这人已经下线,这俩玩意儿还会冲他单方面传数据。最吓人的是,就算这人死了,这样的单向数据流动还会存在一阵子。比如,你的熟人,'老威廉'。但这还不是最诡异的——"乔柯斯说,"前年,伊桑联网的时候偶然发现,有个四十五岁的男人居然没有和上面那个大黑洞相连。于是我们开始追踪这个家伙。嗝,不过是个微不足道的小职员,有个三岁不到的儿子。过不多久,这家伙死了。车祸。然后我们就开始筛查那些没有和大黑洞相连的人,陆续发现了三十多个——"

"都死了。"滑阻说,"可能被霰弹枪的流弹打死,被化工厂的管道砸中,被冷兵器封喉。"

"聪明。"伊桑接过话头,"当我们发现这两个黑洞以后,大黑洞就和我们陆续断开了联系。接着,我们团队中的一半人死于各种意外。"

"然后,伊桑就出手了。"乔柯斯说,"他写了一种相当高明的算法,能把我们在网络空间中的痕迹抹去。我管它叫'嗝屁算法'——这种算法一旦生效,在网络空间看来,我们几个就嗝屁了。而死人是不会再被杀一次的。"

"但遗憾的是,咱们这个小团体里,还是有六个人在还没用上'嗝屁算法'时就被杀了。"伊桑说,"首先,你要知道,乔柯斯所说的'嗝屁算法'——抱歉,我一点都不喜欢这个名字,这并不是某种通用算法。要使得'嗝屁算法'在一个人身上发挥作用,我还需要在'嗝屁算法'里头写入一些为他量身定制的内容。这又得花时间。然而死神还追在我们屁股后面。于是我们搬到了这里,足不出户,严密监控这一带的所有数据活动,目标是在所有'嗝屁算法'部署完毕之前保证每个人都安全。"

"总之呢,咱们活着靠自救。然而你还没嗝屁是因为有什么人在帮你。"乔柯斯缩放了另一片区域,指向了一个没有和大黑洞相连的点,"注意看,这是你。从下午四点半开始,你和大黑洞之间断线了。然后你就开始被一系列偶然事件不停地追杀。第一次是两个人在抢那把霰弹枪的时候不小心走火,第二次是管道的自拆卸模组自动执行了命令,第三次是一场未遂暗杀——那支短箭原本是冲着你旁边那个瓦克帮堂主的,结果却朝你飞了过来,但那个倒霉的拳击手为你挡了一箭。"乔柯斯在虚拟键盘上一顿敲击，星图上代表滑阻的点被打上了红圈，然后又有三个点被分别打上了蓝圈、绿圈和紫圈，同时角落里浮现出一个视频窗口。"蓝圈里是老威廉，绿圈是那个脏辫流浪汉，紫圈是红短裤拳击手。都是你的救命恩人。"乔柯斯说，"注意看蓝圈、绿圈和紫圈里的家伙和小黑洞之间的连线。"

视频窗口显示了三段视频。第一段，只剩半张脸的老威廉开口说话。第二段，脏辫流浪汉警告滑阻。第三段，红方拳手突然发飙。死掉的老威廉开口的时候，小黑洞连着蓝圈的那条线突然变得光芒万丈，仿佛整根线上的每个点都发生了超新星爆发。同样的事件也发生在了脏辫男和拳击手身上。

"最后一个问题，为什么要我走孔雀路？"滑阻问道。

"因为小黑洞在勉强清理掉孔雀路对你的威胁。"乔柯斯在虚拟键盘上按了两下，星图的比例尺被快速放大，一块狭长的区域用绿色虚线标记出来，不时会有一些光点进出该区域；而只要光点位于这块区域，那么小黑洞和它们之间的连线就会不停地闪烁。"前提是不能坐车。"伊桑说，"一旦坐车，涉及的变量太多——车辆系统、高速惯性、卫星导航、车内封闭空间……小黑洞应付不过来。"

"这种事很常见吗？"

"就一次。"乔柯斯站了起来，第一次正视滑阻，眼神直勾勾的,"就他妈一次。"

"我的天,还真是幸运日。"

"你说什么?"

"没什么。"

二楼传来了急促的脚步声,一个小个子白人跑下来,怀里抱着一支精良的狙击步枪。"嗨,滑阻。我叫麦克。之前朝你裤裆底下开了一枪,对不起。"小个子白人匆忙和滑阻打了个招呼,然后转向了伊桑和乔柯斯,"三千米开外,有直升机朝咱飞过来。直升机是维卡科技的货色,塞满了高爆炸弹。"

"来,定位。"伊桑缩放星图。乔柯斯把虚拟键盘让给麦克。麦克在键盘上操作了一阵,锁定了星图上的一枚红色圆点。"红点代表直升机。然后麦克又顺藤摸瓜把这架直升机的数据给摸了出来。"伊桑对滑阻说,"今晚他值班,顺道负责一点正门的安保工作。"

"但这家伙毕竟还在三千米开外。"麦克说,"我本来想再观察一下,但考虑到今天晚上好像不太对劲……"

"你做得对。"伊桑拍了拍麦克的肩膀,"咱们撤。"

"现在?"麦克愣住。

"但愿是我搞错了。"伊桑朝滑阻勾了勾食指,"你,跟我来。"

伊桑走向通往二楼的楼梯,滑阻紧随其后。乔柯斯还在那儿敲键盘,麦克看上去傻乎乎地站在旁边。滑阻踏上台阶的时候,整栋小楼发出了警报声。走到二楼,两个红发女人把梯子架在通往屋顶的天窗旁,上楼顶,打开天窗。房间里的其他人陆续跟上。

平坦的水泥屋顶上,一大块聚乙烯布盖着什么东西。伊桑把聚乙烯布掀开,底下是三辆浮空车。"有备无患。"伊桑说,"咱早就做好了随时跑路的打算。"

"但我怎么看都觉得这直升机是冲我来的?"滑阻说。

伊桑耸了耸肩,打开左边那辆浮空车的车门。

七人陆续上车,伊桑和滑阻坐一辆,乔柯斯、麦克和斯宾赛三个人挤一辆,那两个滑阻还没打过招呼的红发女人坐另一辆。在伊桑面部约五十厘米的地方跳出来一幅全息影像,看模样是浮空车的控制面板。伊桑在上面随手敲了两下。"坐标已经事先输入好了,浮空车会自动带我们过去。"伊桑说,"堪帕市。据我所知,那里的买卖还凑合。"

"如果那架直升机不是冲咱们来的,那咱们还得再飞回去?"

"当然。"伊桑说,"以前这种事也不是没有发生过。上个月,岛上帮派火并招来了一大堆武装无人机,咱一开始以为那玩意儿是冲自己来的,于是事先开溜。结果那堆无人机被电子入侵以后就自爆了。"

之后就是尴尬的沉默。滑阻觉得自己没什么可以和伊桑说的,他估摸着伊桑也这么想。他和伊桑完全是两类人,本来八竿子都打不到一起。他活在线下,每天的营生就是等到帮派厮杀完毕后去收尸,从死人身上搞植入体,唯一的麻烦就是同行,所以他需要备枪去对付那些和自己抢战利品的家伙。伊桑这帮人活在线上。这种人只要敲敲键盘就能搞来钱,但被他们黑入的公司如果逆向追踪到他们的地址,那他们就悬了。换个角度说,他和伊桑又都是同一种人,都是刀尖上舔血的家伙。不过老威廉说,他们是把舌头伸长了去舔刀尖。小心别被人把舌头剁了。老威廉说这句话的时候,总会难得地露出笑容。坦白说,生意之外,他其实挺喜欢老威廉的。这个老东西擅长用他的方式告诫滑阻这类人,你们活得就像一坨屎。

但大家都是一坨屎。站在老威廉的肩膀上,滑阻建构出了自己的人生哲学。老威廉何尝不是一坨屎。"青葉"酒吧是一坨屎,伊桑这种人也是。他见过那种穿着体面的白领人士,看上去精神焕发,但在滑阻看来也是屎——这帮人像喝水一样给自己灌兴奋剂,半个多月不睡觉,每天都在赌自己第二天不会猝死。但还是有人不是屎,比如霍克·伯恩这种家伙,连带着维卡科技的董事和高管。他们之所以不是屎,是因为他们是拉屎的家伙。金钱被他们吞噬、消化，然后排泄出滑阻、伊桑和那些在猝死边缘转悠的白领的一生。

他在自己二十多年的人生里所学到的最重要的一课，就是屎之间不会相互帮助。江湖里的同行永远是死对头，而白领人士之间的明争暗斗不亚于街头火并。他和老威廉之间也只是纯粹的商业往来。同样道理，伊桑完全没道理收留自己，还带着自己一块儿跑更是无稽之谈。自己能给伊桑这伙人带来什么好处？零。反倒是给他们添了一大堆麻烦。重来。再想一遍。现在，有什么狗屁在追杀自己，那如果伊桑把自己交给那堆狗屁的话……还有，那堆狗屁很可能就是搞出黑洞来的家伙，那么自己不就成了伊桑向那家伙献出的投名状？

现在自己居然乖乖地坐在了他们的车上……他看向伊桑，伊桑正面无表情地操作着控制面板旁边的网络空间星图。代表那架直升机的红点在不断移动。突然间，红点自身和它方圆二十厘米的区域发出炫目的白光。滑阻看到伊桑紧张地看向身后。

爆炸声隐约传来。视线尽头处，闪光此起彼伏。从那里飘过来的烟雾遮住了半边天幕。

"他们炸掉了整个岛。"伊桑严肃地说，"你说你招来了他们。这是真的。"

# 上班

薄膜。输入意识活动数据。整合。

和面试时并没有什么不同,但是输入自己大脑的意识数量翻倍——人数三十二人。意识活动的时长也同样翻倍——两个小时。神经元的放电现象精确量化了苏妍的痛苦程度——恰好两倍于面试时所承受的痛苦。

随后,又有三十二人的意识活动被输入,总计六十四人。每个人的意识活动时长被扩展至四小时。

痛苦再度翻倍。

翻倍重复六次后,输入她大脑的意识数量高达一万六千三百八十四份,时间延长至一千零二十四小时。而这些意识活动全都来自维卡科技公司的员工。痛苦也在同步翻倍。感官找到了量化自身的出路——大脑被一切为二，二切为四，四切为八，八切为十六……切割装置则是沃姆医学中心1207室里的那把手术刀。随后，那些被切割得细碎的脑组织各自演化成了袖珍的大脑。每一个袖珍大脑都在感知相同的痛苦，并与另外一千零二十三个微型大脑共同构建起感官的阵列——

新的感官从阵列之中涌现。

视觉。

星空。

一万六千三百八十四颗光点。永无休止的相对运动。圆、椭圆、抛物线、双曲线、斐波那契螺旋线……与当年仅有十六颗星星的星图相比，复杂度增长到了匪夷所思的程度。整体性藏于深邃而绵延的痛苦之中，如同孕育在蚕茧内部的蚕蛾。浩瀚的群星不过是视觉感官对整体性的抽象化描述。

五张薄膜被依次揭下。

"进展不错。"米勒说，她的声音似乎从很远的地方传来。剧痛戛然而止。苏妍虚弱地靠在椅背上，眼前的所有事物都带着朦胧的重影。"家……回家。"苏妍含糊不清地说。但眼皮越来越沉重。

"按照工作流程，我们现在应该送你回去休息。但时间真的很紧张。"米勒说。白大褂再次出现。六枚医用电极贴向苏妍的额头、前胸和腹部，通过导线与一部灰色的仪器相连。"心率一百四十九。收缩压一百七十五,舒张压一百零四。"白大褂用毫无起伏的声音说,"脑电波和神经递质异常情况如下:β波增加,下丘脑—垂体—肾上腺轴和交感—肾上腺髓质系统被过度激活,甘氨酸和 γ-氨基丁酸的浓度水平显著降低……"

"够了。"米勒说,"她是否需要休息?"

"不一定,但是——"

"明白。"米勒推动苏妍的椅子,底部滚轮在镜面上流畅地滚动。

"保险起见,我还是建议——"白大褂紧跟在后。

"抱歉。我们赶时间。"

行进了五十多米后,看上去空无一物的空间里突然出现了四堵雪白色的墙壁。室内陈设依次浮现:雪白的手术床,雪白的手术臂,雪白的屏幕,雪白的手术中央供应台。"不用上手术床。还有,做局部麻醉。"米勒说,"这样的话,她一边手术,还能一边听我说话。又能节省点时间。"

"但她几乎就要睡着了……"

"操。"米勒摸了摸鼻子,"那就把她弄醒。"

中枢神经刺激剂。零点二五毫升,静脉推注。白大褂在屏幕上一阵敲击,手术臂开始工作。"我劝你最好把眼睛闭上,闭目养神。时间紧张,你需要见缝插针地休息。"

米勒说,"接下来,你只需要听我说。"

"我要回去。"

"听我说。"

"我他妈要回去!"苏妍站了起来,中枢神经刺激剂高效地发挥了作用。

椅背的皮革内伸出两根装有黑色搭扣的弹力束带,如游蛇般缠上苏妍的腰部,绷紧,搭扣锁定,将苏妍拽回座椅。"为你杀人不眨眼的埃索伦安全组,宾利,法拉利,丽思卡尔顿酒店的贵宾套房,给你老妈治腰子的沃姆医学中心终身会员卡,你在银座买的一堆时髦衣服。哦,还有那本绝版的《国家地理》。"米勒说,"这个世界没有免费午餐。"

"所有命运给予的礼物,早已在暗中标好了价格……"

"茨威格?"米勒皱了皱眉头,"不算太客观的引用。顺利的话,你只需要上三天班,然后就可以回地球享受那份超级划算的合同。埃索伦公司不会再要求你做任何事,每个月还会乖乖给你十几万块钱。所以,只要给的足够多,就算标好了价格,那又怎么样呢?"一张全息影像浮现在苏妍面前,背景是窗明几净的客厅——

苏妍的母亲躺坐在真皮沙发上,对面宽大的液晶显示器上播放着苏妍童年的录像。

"这是二十四小时前的监控画面。现在你老妈在洗手间。"米勒打了一个响指,投影消失。手术臂夹起一枚半张信用卡大小的黑色物件,绕过苏妍的前额,伸向她的后脑。

苏妍靠向头枕,叹了口气。

"七年前,在'曙光号'上,一个叫霍克·伯恩的人造人开了一家叫作维卡科技的公司。如今维卡科技的规模堪比二十一世纪上半叶所有互联网巨头的总和。我们的故事要从维卡开始讲起。自始至终,维卡的发展都来自我们的手笔,而创始人伯恩的传奇人生是整个人造人社会的缩影。我们在每一个人造人的大脑里植入了数以百万计的碳基纳米机器人,这些肉眼微不可见的小玩意儿和他们的脑细胞高度耦合,于是我们便以这些袖珍的小机器人为媒介,控制每一个人造人的思维活动。控制发生于无形之中——他们不会感到自己正在被控制,而会天真地认为自己所有的言行和思想都是自身主观意志的产物。所以,伯恩以为自己的商业成功源于自身的天赋与勤奋,但其实全都是我们的主意。部分碳基纳米机器人会进入人体生殖细胞,在受精卵成长为胎儿的过程中以代谢废物为材料不断分裂增殖。所以,人造人的孩子也会被控制。总之,在'曙光号'上,我们的控制代代相传。"

"就像是牵线木偶。"苏妍喃喃自语,"为什么?"

"要回答你的问题,咱得往前翻翻历史。"米勒背过手，饶有兴味地注视着手术臂上下起舞,"二十一世纪中叶,搭载数字人格的人造人诞生,后因违背技术伦理遭遇抵制。然而人造人技术的研究仍在暗中进行。朴东集团的一个研究小组发现,对人造人的意识活动进行定向的数学处理,就能生成出某种高阶的算法。保谷公司在这项发现的基础上更进一步——

"当诸多人造人之间形成互动,构建起有序的社会关系网络,便可将这些人造人的意识活动统一进行数学处理,从而生成更高阶的算法体系;而在宏观数据层面上,这一高阶算法体系可以被视为一则统一的算法。

"绝大多数算法本身并无实际价值,但其中的少部分意义非凡。例如,十五年前,几个英国人生成出了贝叶斯推理算法的进阶版本,应用在DNA测序上,成效卓著。从人造人的意识活动中提取算法的灰色产业一直在隐蔽地进行——令人造人在封闭区域内活动,同时采集他们的意识活动,对采集得到的意识活动进行数学加工,获取算法,筛选并保留有意义的部分,最终放在网络黑市上售卖。可怜这些人造人遭到反复利用后仍被销毁、焚烧,从生到死都没有身份……唔,字面意义的无名之辈。

"从逻辑上来看,这门生意始终是在执行一个顺向的过程——人造人产生意识活动,意识活动生成算法,再从中精心筛选出有价值的算法。如果倒过来呢?如果我先有需求，想要得到某一则确定的算法，那么人造人的意识活动又该遵循什么模式？一名叫作约翰·波普的算法工程师第一次将这一逆向过程带入现实——

"他严格控制着每一个人造人的思维过程，从而令人造人的意识活动生成出波普想要的算法。

"但严格来说，这件事并非他亲自完成的，而是他所创造的 AI 的手笔。AI 通过持续性地机器学习，找到了生成算法所需要的意识活动模式，进而对人造人的意识活动进行精细化控制。诚如你所言，他们如同牵线木偶，因此被我们称为'傀儡'，而操纵他们的 AI 则统一被命名为'傀儡师'。随后，这一算法生成模式开始风行，对于人造人意识控制的规模越来越大。"

"所以'曙光号'上的人造人都是你们制造的傀儡……那么多活生生的人，他们存在的目的只是为了给你们生成算法。"苏妍睁大眼睛，苍白的眼球上布满血丝，"数以万亿兆的资金，生态崩溃，地球失去阳光……"

"没错。我刚才说的这门生意终于进展到了前所未有的规模——"米勒说，"全球顶级财阀们所需要的动态算法体系需要数百亿人造人进行持续性的意识活动。但地球不可能装得下这么多人。任何一颗类地行星都难以容纳如此庞大的人口，更何况我们还要为这些人口适配可持续的自然环境。另一方面，要控制数百亿人口，'傀儡师'所需要的硬件规模在体积上与月球相当，所需要的电力超过全球发电量的总和，类地行星表面吸收的太阳光热根本无法为'傀儡师'提供足够的能量供给。计划因此搁浅了一阵子。直到我们将目光锁定太阳。弗里曼·戴森的理论为我们找到了一石二鸟的解决方案——戴森球表面提供了足够大的空间，而其内面又能最大效率地汲取太阳能量。随后便是可行性验证、技术路线规划、工程设计、计算机模拟……一大堆流程。直到埃索伦公司建立，'曙光号'建设启动——我们不仅要在'曙光号'号上建设数百亿人口的人类社会，还要建设一整个比地球复杂上万倍的生物圈。"

"这和我有什么关系？"苏妍弓着身子，再一次徒劳地挣扎。手术臂开始对她后脑的颅骨和皮肤进行缝合。

"如果一切顺利，你当然不可能出现在这里。但最近出现了一些状况。记得咱们刚进来的时候路过的那些被全息屏幕分割的房间，还有里面专注得像是要钻进屏幕里去的家伙吗？其中只有三分之一是在监控'曙光号'硬件设备的运行状况，还有三分之二是在监控'傀儡师'的运行参数。在过去十年里，'傀儡师'的监控者们未曾发现任何问题。这已经很了不起了。真的。'傀儡师'要同步处理数百亿份意识活动，能保持这种程度的稳定性几乎就是奇迹。而它所实现的意识操纵堪称控制论的巅峰之作——

"它并非逐一控制每一个傀儡，而是将所有傀儡的意识活动视作整体来进行操控。

"这个过程很美妙，充满艺术性。在我看来，'傀儡师'从事的控制论如同一幅画或者一首诗。嗯，或许更像钢琴家在弹奏。琴键被按动的瞬间，不计其数的原子因此震动，继而传播出美妙的声波。请注意，钢琴家并没有尝试控制每一个原子，而是将组成琴键的所有原子视作整体来进行控制，于是不计其数的粒子便在他的意志之下进行运动。"

"所以这就是你们一直在念叨的什么整体性？"苏妍说。雷迪·霍尔的脸和视线中米勒的脸重叠在一起。

"聪明。'整体性'是简称，指代的是大量人类意识活动在动态交互过程之中所形成的整体性架构。起初，'傀儡师'对整体性的拿捏堪称完美，然而万恶的熵增定律逐渐发挥作用——随着时间的推移，再有序的 AI 都会逐渐趋向于混沌和无序，于是'傀儡师'对整体性的把握开始逐渐崩塌。最初只是琐碎的故障，零星的错乱代码，随后是需要程序员加班加点才能修复的程序错误。如今，扎根于系统底层的致命漏洞到处开花，意味着全面崩溃即将发生。位于东京总部的技术部门已经做好了重写'傀儡师'的打算。这将会是耗时十几年乃至几十年的大工程。在新版的'傀儡师'完成之前，原本连贯生成的算法必将产生长期断档，其间造成的损失无可估量。而在全面崩溃发生之前，我们还是抱着死马当活马医的心态尝试了不少偏门的操作。不出意外地，所有旁门左道全部失败。

"但我们也并非颗粒无收。你遇到的那三个印度人所提出的方案有它靠谱之处。它的核心思路源于他们所信奉的某种东方玄学：群体意识整体性的建构最终还是要回归意识本身。他们认为，应由人类的大脑去处理意识活动的整体性问题，令意识自身去把握意识。于是就有了你在北森市所经历的测试：将十六个人在一个小时内的意识活动输入大脑。最初的测试对象是埃索伦公司的员工，其中有几个人成功勾勒出了整体性的粗糙轮廓。而他们的亲身实践证明该方案在理论上存在一定的可行性。进一步的心理学研究证实，一些理性、感性要素和意识活动整体性的把握能力正相关。理性要素主要基于心理学和社会学的学术背景——心理学本身就与意识活动息息相关，而意识活动的整体性模式还取决于社会关系网络的建构，因此与社会学也有紧密关联。感性因素主要来自同理心。这比较好理解——同理心是理解他人意识活动的关键因素之一。"

"所以，你莫非是想要告诉我，"苏妍努力挤出轻蔑的笑容，"我之所以被选中，是因为我的同理心和学术背景特别出色？"

"你应该想得到的。我可以给你点提示。刚才,你已经认识到那些星图是视觉对整体性的抽象化感知。那么,当星图出现之前,你还感觉到了什么?"

前额皮质,神经扩展器,在沃姆医学中心进行的高危植入体实验。当时术中知晓的痛苦重演、加剧,随后星图出现。再往前追溯,便是人工淋巴导管带来的剧烈烫伤感。"尼古拉-α3实验型神经扩展器大幅改变了你前额皮质的神经元分布,又与你此前植入人工淋巴导管后产生的神经炎症反应发生联动效应。独一无二的人脑产生了独一无二的副作用,一些极为独特的属性就此诞生——"米勒轻轻鼓掌,"如今,你的脑子足以驾驭'傀儡师'已然力所不及的整体性。"

"但霍尔为什么没有立刻录用我?"

"这家伙哪见过这等阵仗。"米勒扑哧笑出声,"根据埃索伦公司员工此前的实验数据,我们推算一颗有天赋的大脑最多只能构建五万多份意识的整体性。和数百亿人口的傀儡社会相比,简直是九牛一毛。因此我们原本只是把大脑对整体性的构建当作一种辅助手段。面试的结果证实了我们的推测——在你出现之前,表现最好的面试者在整体性把控的量化指标上也就比平均水准高出一小截。因此,当一个每项指标都爆表的超级六边形战士出现在霍尔面前时,他的第一反应是设备出了问题。所以霍尔先把你打发走。你一走,他就忙不迭地上报数据。总部研究了好一阵子才明白是怎么回事,中途还联系沃姆医学中心调取你的植入体实验记录才最终捋顺了前因后果。你被绑架倒是我们意料之外的事儿。把你救出来以后,地球上的同事在我们的要求下把你像太上皇一样供着,从而使你尽可能心情愉悦地被送到这里来。"

"所以我只是一块案板上的肉。"苏妍说,"而你们从头到尾都清楚地知道,我到底要承受什么代价——"

"是啊,代价是什么呢?"米勒抚摸着苏妍后脑的缝合处,"现在,你的颅腔内部有一百七十二枚脑部植入体。它们的功能只有一个——提高你的疼痛耐受阈值,不至于让你疼到休克或者精神崩溃。所以,接下来,你将会持续工作,并且始终精神抖擞。如果运气再好一点的话,你的大脑神经元会比以往更加活跃……不过这得取决于概率,因为每个人在安装植入体后的反应都不一样。我们之所以一开始没往你脑袋里塞这类植入体,一方面是因为总数不过五位数的意识活动输入还不至于导致你休克,另一方面是担心其他植入体的介入会破坏沃姆医学中心好不容易带给你的副作用。不过,既然你的大脑现在已经建立起了把控整体性的稳定回路,那么我们就可以对你的脑子放手大干一场了。对了,还有个事儿:我们在你的脑干植入了一块生物监测芯片——你的身体一旦有什么地方不对劲儿,咱们的医疗团队马上就会来救火。所以,其实一共是一百七十三枚植入体,业界顶尖的那种,有一部分还是为你量身定制的绝版货。算下来估计得三千多万美金。三千多万哪,朋友……所以,你倒是说说看,代价是什么呢?"

"你们哪怕有一丁点人味儿——"

"激怒你也是计划的一部分。"米勒推动苏妍的座椅,"你要明白,稳定回路已经建立,你的潜意识会自动打卡上班,和你的主观能动性没有半毛钱的关系。我们需要让你知道你躺在这儿究竟是在做什么,那么你的潜意识在处理整体性的时候就会更加有的放矢,而愤怒能让你对前因后果的认知更加鲜明。不过,出于我的人味儿,我还是有必要提醒你一句,地球上不知道有多少家伙想和你交换位置,而你居然不知道自己有多幸运。"

椅子滚轮滚过手术室的出口。

原本空旷而安静的大厅刹那间变得热闹非凡。被增强现实删减的视觉信息涌入视网膜:设备,隔断,楼梯,自动扶梯,排布整齐的房间,频繁进出的职员,更多的白大褂……"你一上班,他们就得忙起来。"米勒说,"每个人都在自己的工位上盯着你大脑皮层里的电化学反应。"一个穿着灰蓝色制服的拉丁裔男人递给米勒五张薄膜。苏妍开始挣扎。又有两根束带从颈后伸出,勒住她的锁骨。

额头传来冰凉的感觉。

输入。

指数函数，以二为底。

直到每一个傀儡的意识活动都被输入苏妍的意识中，总计迭代三十六次。

但傀儡的意识活动时长在翻倍了十八次之后便戛然而止——因变量最终定格在二十四万九千一百二十七小时，覆盖了傀儡社会自开机以来所经历的所有时间。

而苏妍感知到的只有一片纯粹的空间。疼痛的空间。以指数形式翻倍，暴涨，每一个空间的最小单元里都充斥着无穷无尽的痛苦。越来越多的星辰浮现，但它们不过是虚幻的投影。真正的实在位于空间的中央。在那里，整体性向内收缩、聚拢。形式愈发复杂，但体积越来越小。直到无限逼近于零，极限……

奇点。

爆炸。

疼痛的空间终于膨胀到了它所能抵达的边缘。

薄膜被撕开。苏妍痉挛不止。将苏妍牢牢捆绑的两组束带松开，收回椅背。欢呼声响彻整个大厅，有人把写满数据的纸抛向空中。只有几名白大褂仍旧死死盯着苏妍身旁的医疗显示屏幕。"恭喜。"米勒俯下身，在苏妍的耳边说，随后掉头和身边的同事击掌。一楼大厅北墙 LED 屏幕左上角显示日期和时间——

从自己被米勒推出手术室开始，时间已经过去了两天零七个小时。

约莫五分钟后，米勒推着苏妍走向中控厅的出入口，身后跟着两名拎着医疗箱的白大褂。在门口，三名穿着深蓝色迷彩服的黑人女子加入了队伍，走在末尾。他们穿过一块又一块被全息影像隔断的空间，重新回到了过渡舱。正对过渡舱入口的那堵墙壁上，椭圆形金属门板向外打开。

仍旧是米勒推着苏妍在前，黑人女子殿后。七人陆续走进金属门。偌大的空间映入眼帘。九艘潜艇平行排列，相互间距一百多米，头部向外，正对九扇正圆形的闸门。米勒推着苏妍来到正中间那艘潜艇跟前，苏妍看清艇身上蚀刻着的舰名："波塞冬号"。舱门自动打开。身后两名白大褂抱起苏妍，走进潜艇内部。米勒和三名黑人女子随后跟上。舱门关闭，舷窗逐渐变得透明。潜艇两侧地面升起钢板，钢板前后抵住入口和闸门所在墙壁。咔嗒。钢板触及天花板的刹那，似乎和什么装置紧密咬合在一起。整艘潜艇因此被置于一个由两块钢板、天花板、地板、后墙、闸门所隔绝的封闭空间内。闸门开启，海水涌入。但仅仅充盈了"波塞冬号"所在的那一块封闭空间，其他潜艇并不受影响。潜艇启动，加速，驶出闸门。潜艇基地随着"波塞冬号"的加速行驶在视线里越变越小,但仍能隐约看到那一块封闭空间内的海水正在被排空。与此同时,又有三艘潜艇驶出闸门,呈楔形编队跟在"波塞冬号"身后。

他们最先进入的舱室是生活舱——四张简易的床铺拥挤在不到二十平方米的空间。白大褂一进入舱室,就把苏妍放在了床上,接着放下医疗箱,坐在床沿。左手边的白大褂从口袋里掏出折叠式平板,监控苏妍的生理数据。三名黑人女子前往和生活舱相连的房间,苏妍隐约看见那间房间里有一大堆复杂的仪表。"这几个家伙是咱们这艘潜艇的驾驶员,退役下来的狠角色,正要去控制室忙活儿。另外几艘潜艇里也有这号人物,在你搞定整体性之前他们就已经就位了,跟在咱屁股后面是为了护航。"米勒盘腿坐在苏妍对面的那张床上,"我们要护送你到'傀儡师'的服务器,把你的脑子和'傀儡师'相连,这样'傀儡师'才能获取久违的整体性。当然,我们也考虑过远程连接,但测试下来发现很不稳定——人的脑子和计算机毕竟不太一样。"

"家……回家。"苏妍说。眼泪滑落的时候,她才意识到自己在哭。脑海里,那片空间仍未散去。数百亿颗星星仍旧在眼前悠悠旋转。现实世界正在嵌入其中,逐渐蚕食那片充盈着疼痛的虚无之地。于是所有的画面和声音总是从那片空间的边缘传来,遥远而又模糊。她从未如此想念自己在老城的出租屋,那个永远充斥着霉味和下水道气味的地方。夏天,总有诸如蟑螂或者蛐蛐之类的不速之客在房间里堂而皇之地漫步。几乎每个晚上都能听到枪声,偶尔会在公寓楼门口的石阶上看到血迹。她的室友,那个留着马尾辫的姑娘,会为自己做总是多放了罗勒酱的意大利面……

"说过了,搞定就放你走……喂,你哭什么?"米勒站起来,坐到苏妍身边,轻拍苏妍的肩膀,"最难的部分已经过去了。到那里,你只要接入服务器,二十秒钟完事儿。放心,这回一点都不痛的。"

"还要多久……"

"过去也就十多个小时吧。两千多海里。"米勒说。

苏妍无助地摇了摇头。

"苏妍女士,建议您最好休息一下。"一名白大褂说,"您已经两天两夜没有睡觉了,各项激素指标——"

"附议。"米勒回到自己的床,躺下,"在你和服务器连上之前,咱没什么要操心的了。"

舱室安静下来,唯一的声音是空气循环系统发出的低频嗡嗡声。现实世界几乎将那一方疼痛的空间蚕食殆尽。困倦如巨浪般袭来。苏妍闭上眼睛,几乎在刹那间入睡。她梦见五岁时,父亲带着自己在加利福尼亚的死亡谷看星空。那么多星星。指星笔。红色的大功率激光。父亲揉了揉她的脑袋,告诉她那颗被激光锁定的星星代表着一个叫霍克·伯恩的男人……

爆炸声如雷鸣般传来。

舷窗外,光焰,湍流,巨大的水花,金属碎片……

紧急加速,转向。

苏妍被惯性掀翻在地。

# 任务

自导鱼雷提前布下,火控雷达锁定目标。下午五点零二分,饱和式攻击开始。每艘护航潜艇都被分到了三枚反潜炸弹和两枚自导鱼雷。全息作战界面上,三艘护航潜艇的标识从红色圆锥体变为爆炸光点,继而彻底消失。唯有一架反潜直升机挨了一发潜射防空导弹,当即坠毁。

麻烦的是那艘名为"波塞冬号"的潜艇,艇内载有伯恩的救援目标。浮空车不能像摧毁护航舰队那样锁定即开炮。唯一称手的武器只剩下超短脉冲战术激光器。

一道玫红色的激光束在艇身上划开了一道边缘光滑的裂口。

裂口被划开之际,"波塞冬号"迅速上浮,但仍有大量海水涌入。一大半艇身暴露于海面之外。在战场上,潜艇上浮相当于投降声明。伯恩口述命令，AI控制浮空车缓缓下降。

一枚潜射防空导弹精准命中浮空车底座。

电磁屏蔽护盾扛下爆炸的所有能量，能级陡降至百分之三十七。浮空车迅速拉高。伯恩判断"波塞冬号"里肯定有作战经验丰富的老兵，看出了自己的投鼠忌器。在伯恩身后，两艘反潜直升机被两枚潜射防空导弹击落。

第四发导弹来袭的时候，作战AI开启紧急机动模式。潜射防空导弹擦着车身侧缘飞掠而过。根据霍普斯的情报，"波塞冬号"的潜射防空导弹已然告罄。战术激光器始终锁定艇身装甲，划出第二道和第三道裂口——三道裂口共同构成矩形的三边，被裂口包围的这一块装甲摇摇欲坠。激光器开始切割第四道裂口。"波塞冬号"艇身头部突然伸出单管链炮。AI驾驶浮空车再次做出高难度飞行动作，但仍有二十四发机炮把护盾的能级打到只剩下百分之二十三。

事情的进展完全超出预料。按照霍普斯的剧本，对方应该束手就擒。有那么一瞬间，伯恩期待神谕降临。但下一刻他就意识到自己已经背叛了神谕。现在放弃还来得及，无非是损失几架直升机。明天一早滚回去和森宗的人谈判，无论怎么谈，都能拿到一笔几百万年都花不完的财富。然后呢？是枯燥而乏味的有钱人生活？而森宗和彦将会实现绝对垄断的野心。那本是神谕将会带自己抵达的最高峰,却被霍普斯身后的发言者硬生生地破坏……

但他确实承诺过,拯救一个姑娘,自己将会得到一整个星球。

群星在眼前闪过。在那一瞬间,他有了主意。不是神谕。他确定是自己的灵感,也有可能是馊主意。又是一场豪赌。但这次放在天平两端的是那个家伙的承诺和自己的命。他想起自己发家的生意,那些高效但高危的植入体。那帮在刀口舔血的家伙会在手术之前祈祷神灵保佑……于是伯恩意识到所谓亡命之徒其实也惜命如金。

神灵保佑。

伯恩拉开座位旁边的装备仓。

他从一大堆轻武器里取出一把点四五口径的冲锋枪,三枚弹夹,一柄带锯齿的匕首。弹夹被伯恩收入夹克口袋,匕首藏在裤腿的隐蔽插袋里,点四五冲锋枪吸附在战术夹克的磁吸式斜领上。单管链炮还在扫射,护盾能级下降至百分之七——弹射按钮被按下。

伯恩被弹出,连同座椅和整个弹射舱。

毫无征兆的加速度令伯恩头晕目眩。在弹射舱即将下坠的时候,两道淡蓝色的扇形光影贴上伯恩手掌。伯恩抬起左手,弹射舱开始拉升。在一阵混乱的颠簸以后,伯恩逐渐习惯通过双掌的动作来控制弹射舱飞行。浮空车在五百米开外下坠。在即将坠海之前，激光器切开第四道裂口。

被裂口环绕的装甲陡然坠落，潜艇顶部一大块区域暴露在空气之中。

最后一艘反潜直升机突然下降高度，起落架几乎就要碰到艇身。透过"波塞冬号"顶部的开口，机枪向潜艇内部扫射，紧贴机枪下缘的摄像头将监控画面传至弹射舱。自始至终，作战 AI 令机枪避开那个穿着藏青色短风衣的黑发姑娘。一个穿着灰色高领毛衣的女人和两个似乎是医务人员的男人被瞬间打死。而在一墙之隔的控制室，一名武装人员在操作单管链炮，另一名武装人员抱着突击步枪还击。机枪掉转枪头，两人一下子没了脑袋。不过是两三秒钟的事儿。刚才还人声嘈杂的"波塞冬号"只剩下一个活人和五具尸体。

随后，这架战功赫赫的反潜直升机拉高五十米，悬停。伯恩驾驶弹射舱进入"波塞冬号"顶部豁口。舱内非常安静。原本惊天动地的射击声和爆炸声仿佛从未发生。"波塞冬号"唯一活着的乘客一声不吭——她蜷曲在一张被打烂的床板旁边，眼神空洞。

弹射舱舱门打开，伯恩半弓着身子走出来。他小心翼翼地靠近那个叫苏妍的姑娘。"别怕。"他说，"我带你走。"

"家……回家。"苏妍怔怔地盯着自己,"老城……灰区。"

"灰区……我明白了。我会带你去那里。"伯恩说。但他根本不知道苏妍说的地方到底在哪儿。

"他们说会带我回家。但是你把他们全杀光了。"苏妍似乎恢复了一部分理智,但目光仍旧茫然,"你是谁?"

"听着,我们先离开这个该死的地方。"伯恩说,"也许有一发子弹已经击中了核反应堆。这里随时可能爆炸……"

"你是谁?"苏妍追问。

伯恩指向艇外的直升机:"我们先上去。然后慢慢谈。"

"离她远点儿,朋友。"

十米开外,一名黑人女子手持突击步枪,枪口对准伯恩。她身着深蓝色迷彩服,全身血迹斑斑。他下意识地去握冲锋枪枪把。"别动。"黑人女子说。伯恩把右手放回原位。

"苏妍,去把这家伙的枪卸下来。"黑人女子说。这时候伯恩观察到她的腹部血流如注,拿枪的双手正微微颤抖。机枪扫射的时候,她肯定躲在设备之间的旮旯里,但跳弹仍旧击中了她。苏妍没有动,视线在伯恩和黑人女子之间紧张地切换。"他是个傀儡。"黑人女子说,"拿走他的枪，我们要把他送回控制基地。"

"你说我是什么？"

"朋友。"

"不。另一个称呼。"

"滚。"黑人女子的手抖得更厉害了。

这人大概率是个退下来的老兵，正常情况下自己绝对不是她的对手。但现在她不一定打得中。苏妍伸手去摘吸附在自己夹克上的冲锋枪。再赌一把。伯恩脑海里浮现出瓦克帮马仔拉动枪栓的场景。当年老子也被人拿枪指过，但我他妈的活下来了。伯恩掏枪，扣动扳机。前方步枪枪口枪火一闪。

身后传来子弹击中墙壁的咔嗒声。

黑人女子仰面倒了下去，五官稀烂。

"上去。"伯恩说，冲锋枪枪口指了指悬停在上空的直升机，随后定格在苏妍的额头。直升机降下登机梯。苏妍刚才试图拿走他武器的行为激怒了伯恩。还有黑人女子的话。傀儡。她说自己是傀儡。而苏妍显然也知道傀儡所指的含义。莫非她们知道神谕在控制着自己的行动？抑或知道自己正在为霍普斯背后的男人办事？几乎不可能。那两个字似乎另有所指。而这名黑人女子和苏妍之间的关系似乎并非水火不容。

"我上去。"苏妍说，右手抓住登机梯的扶手，"但你至少得告诉我你的名字。"

"伯恩。霍克·伯恩。"

"维卡科技?"苏妍瞪大了眼睛。

"没错。"

直升机的座舱比浮空车窄小得多,装下两个成年人后几乎没剩多少空间。直升机拉升,向东南方向飞去。"你不可能带我去老城。"苏妍说,涣散的目光逐渐聚焦,"告诉我,你要带我去哪里。"

"告诉我,傀儡是什么。"

"有人在操控你们的意志,从地球上来的人。地球是一颗行星,比你们的星球小得多。你生意之所以做得这么大,并不是因为你多么天才,只是因为那些人控制着你做出正确的决策。"

"地球?所以你们是外星人?"伯恩说,下意识地看向天空。

"呃,不完全是。"苏妍说,"让我们回到之前的问题——你所在的这颗星球上,所有人都是傀儡。"

"那么我也是傀儡——有一个声音会告诉我该如何决策,我只需要照着他说的做就行。"

"但她说的傀儡不是你这样的。"

"她?那个拿枪指着我的家伙?"

"不,是那个穿高领衣服的女人。"

"她是你的朋友？"

苏妍摇了摇头。

"她还说了什么？"

沉默。

二十多分钟后，海面上出现星罗棋布的岛屿，远方的天空涌起风暴。"所以你到底要带我去哪儿？"苏妍说，凝视着愈发湍急的海面。

"一个死人要我救你，把你带到诺非裂谷。"

"什么？"

"我觉得你不会相信……"伯恩说。然后他开始讲霍普斯和那个神秘发言者的故事。不知不觉间，他开始在原本线性的叙述中穿插讲述自己的人生，包括他差点死于瓦克帮的马仔之手，以及神谕陡然降临的瞬间。他从未跟别人讲过这些事。现在他才意识到自己倾诉的渴望有多么强烈。所有这些秘密，那么沉重……如果他能告诉别人，内心的负担就会减轻一些。他为了严守秘密甚至从未娶妻——他担心自己在梦呓时泄密，生怕自己在琐碎的日常中不小心说漏了嘴。

"霍普斯也是傀儡。他的脑子烧掉了，但是里面的纳米机器人肯定没有。"苏妍看上去并没有他想象中那般吃惊，"还有，他的其他器官还能正常运转，于是其他什么人就能通过那些纳米机器人来控制他的行为。"

"纳米机器人？"

"你们之所以会被控制就是因为脑子里有那些玩意儿。"苏妍说。然后她开始讲述自己的人生，从她的家乡老城说起。这是一个远比霍普斯死而复生更让伯恩觉得离奇的故事，而它所勾勒出的真相令伯恩喘不过气。山川、湖海、大气、数百亿人类、一整颗恒星……居然都是公司的资产。相较之下，维卡和森宗之间的博弈就像小孩子过家家……

"我的父亲死于'曙光号'的建造。碳纳米平面体生成器泄漏，高能质子束穿过了他的头颅。埃索伦公司杀了他，而我要去埃索伦公司求职……我总觉得自己背叛了他。甚至我觉得自己现在经历的一切都是因为我背叛他而得到的报应。换个角度想，如果埃索伦公司对我不错，我或许会更加内疚。我相信父亲的在天之灵会原谅我，但我却不能原谅我自己。印象里他一直是一个很温和的人。"苏妍的叙述绕回到最开始的地方，"他和我母亲都住在老城的灰区，但他们并不是在灰区相遇的……"

在苏妍琐碎的叙述中，伯恩的航程接近终点。诺非裂谷出现在视野的尽头，仿佛一根切割平原的细线。随着距离的接近，细线逐渐变成一道嵌入大地的绵长伤痕。直升机最终悬停在诺非裂谷上空，深达四千多米的黑色深渊像是眼睛一线时的瞳孔，以永恒的目光凝视着两位不速之客。"靠哪边停？"苏妍不安地说。伯恩指了指脚下。

直升机开始下降。

苏妍惊恐地瞪大眼睛。

当直升机的起落架即将落地的时候，怪石嶙峋的谷底突然裂开。裂口边缘齐整，拱卫着内部又一道深不见底的裂谷。直升机继续下降，进入这道裂谷中的裂谷。这个裂谷的底部再一次裂开。在连续穿过三十七道裂谷之后，世界在刹那间颠倒——

丛林。

头顶是灰褐色的泥土，脚下是被繁茂植被切割得支离破碎的天空。

直升机旋翼掀起的气浪惊动了一只原本在缓慢滑翔的蜻蜓。

在它半米多长的双翼上，镌刻着神谕到来之前在伯恩眼前绕转的璀璨群星。

# 接入

总共五千吨当量的炸弹，几乎夷平了整个千瑰岛。当时岛上还住着百来号人，在不到半分钟的时间内被全部炸死。维卡科技和森宗集团发布联合声明，声称轰炸千瑰岛是为了彻底清除岛上长期盘踞的帮派分子，并且还顺道清理掉早已无用的废弃建筑，从而为今后对千瑰岛的二次开发奠定基础。

"暗杀不成，改打明牌了。"伊桑说，"咱们在千瑰岛上的房子吃了最多的炸弹。"

"我能理解为了干掉我，大黑洞控制了某些设备的电子模块和某些人的脑子，搞出莫名的火并、暗杀和设备故障。"滑阻瞪着全息影像播放的爆炸画面，弥漫的硝烟和火光合并为一幅立体的抽象画，"但这玩意儿的手居然还能伸进大公司的脑壳里？"

"废话。大公司的职业人士也和大黑洞相连，他们的脑子在生理学上和你平常打交道的流氓差不了太多。"

"我很内疚，真的。"

"这倒不用。"伊桑说，"维卡科技和森宗集团说的是实话，整个岛上都是一群亡命徒。除了咱们，每个人身上都背着十几条人命。"

"不，我的意思是说，我差点把你们害死。"

"还没死呢。"

"但好像迟早——"

"呸。"

"我是说，维卡或者森宗迟早会找到我们——"

"如果不是那个迷你黑洞，你已经死三回了。它一直在帮你，我相信它还会继续帮下去。它大概觉得凭一己之力救不了你，所以决定和咱们联手。"伊桑的余光扫向滑阻，"我猜你唯一的问题就是我们为什么愿意帮你？很简单，有利可图。这是双赢的买卖。"

"但你已经输得连家都没有了。"

"这根本不算什么。把门禁程序改写掉，这座城市任何一栋房子都是咱们的家。这事关系到一个重大的问题：为什么我们会说某某路某某号某某室归某某人所有？哦，因为产权是某某人的。那么产权是个什么东西呢？一份储存在服务器里的文件。那么文件是个什么东西呢？一堆本质上由0和1组成的数据。那如果我把这些数据改掉，这套房子就划到了另一个人的名下。实际情况当然没这么简单，这中间还涉及一大堆手续，但所谓手续和证明最终还是一大堆写在服务器里的数据。接下来让我们更进一步。比如，霍克·伯恩是维卡科技的CEO。我们前面已经证明了他之所以是CEO是因为服务器里的一大堆数据是这么认为的。但如果这堆数据被篡改了呢？伯恩对公司的所有权一下子就没了。所以你们看待世界的问题在于太在乎物理实体——"伊桑指了指网络空间星图，"但在我们看来，这玩意儿才是这个世界的本质。人的本质归根结底是意识。意识死了，身体活着，就是所谓的脑死亡。同样地，你们过于看重的物理实体不过是这个世界的肉身——什么工厂、办公室、流水线、服务器……在我们看来只是肌肉、骨骼、四肢、躯干。但流淌在其中的数据才是这个世界的灵魂。"

"你们居然还挺深刻。"滑阻注视着脚下浑浊的休默河，浮空车正带着他告别自己朝夕相处的城市，"我之前一直以为你们只是一群技术高超的混混。"

"没错，我们确实是混混，自始至终都是。但谁又不是呢？"伊桑的双手在网络空间星图里搅动，直到他的食指和拇指夹住了一个荧绿色的六面体，六面体上方浮现出少年时代穿着一身破洞迷彩服的霍克·伯恩，"我从一大堆绝对私密的数据库里扒出来一点资料，才知道今天富甲小半个星球的伯恩当年也是个混混。说白了，哪怕是现在的伯恩，还有和伯恩一道出席董事会会议的所谓大人物，他们也是混混。只不过他们混出了名堂，在数据的洪流里坐稳了一席之地，而他们的地位来自他们善于玩弄商业游戏。但我也想插一脚，乔柯斯他们也是。我们玩不来商业，但我们玩得来技术——"

"我的天。别告诉我你们居然想通过玩技术搞垮伯恩的公司。"

"如果我们的心愿得以实现，那你刚才说的不过是一件无足轻重的小事。"伊桑双手抱胸，和全息影像上那个混混形象的伯恩四目相对，"伯恩、森宗和彦、布鲁尔这帮人以商业的逻辑制定了秩序，但这种秩序想必你我都不太喜欢。我怀疑连他们自己都不喜欢。甚至还有一种可能，在潜意识里，这群建构这套秩序的家伙比我们都痛恨这套秩序——他们制定了秩序，然后又变成了秩序的奴隶。好消息是以上所有秩序全都建构于数据和网络——一个人的资产不过是账户里跳动的数据，而数据的本质不过是一大堆 0 和 1。只要改变全球数据的分布模式，或者说调整那一大堆 0 和 1 的排列组合，新的秩序就将冉冉升起。"

"听上去像白日做梦。"

"就是白日做梦。直到网络空间星图里的黑洞出现。

我们怀疑黑洞才是所有秩序的真正来源——所有的个人数据都在朝黑洞汇聚，而黑洞向每个人输出我们至今都弄不明白的数据流。假如事情真的和我们想的一样，那么搞明白黑洞里到底有什么，或许就能帮助我们实现秩序的重新洗牌。"

"后来你也知道了，它俩真的是如假包换的黑洞，对咱们那叫一个守口如瓶……"乔柯斯的声音从音响里传来，"对了，伊桑一直开着公共频道。"

"所以这就是咱们得救你一命的原因。"伊桑说，"你被大黑洞追杀，又被小黑洞搭救，简直就是俩黑洞的香饽饽。"

"抱歉我又要插一句。"乔柯斯的声音听上去有些不安，"你们有没有注意到小黑洞表面有情况？"

伊桑缩小比例尺，星图全局浮现。底部小黑洞的表面浮现出两行字迹：

31.753014° W

27.479261° S

"它要咱们去那儿。"伊桑调出这对经纬度坐标所对应的实时全景图——一座远郊的废弃停车场，周围是一堆外立面破损严重的仓库。

"什么鸟不拉屎的地方。"乔柯斯说,"你是老大,你决定。"

"这压根不是什么选择题。"伊桑把经纬度输入控制面板,浮空车开始转向。小黑洞的字迹再次刷新:

让他接入

"操。"乔柯斯说,"玩笑开大了。"

"不就是要我接入互联网?"滑阻问。

"不,是意识直接接入网络空间。"伊桑严肃地注视着滑阻,"你理解这是个什么操作吗?"

滑阻下意识地摸了摸脑后插槽。三年前,他在后街的无名诊所做了脑插槽手术,偶尔会把游戏芯片插进去,然后连续几个小时沉浸在虚拟现实娱乐之中。"听好,你要接入的不是什么文本芯片,也不是烂大街的全息游戏,而是一整个网络空间。"伊桑说,"我们也可以换一种说法——把一整个网络空间灌到你脑子里。"

"以前有人这么做过吗?"

"有。一个叫泡鲁特·默的天才。他接入了半秒钟,然后就死了。大脑神经元超负载。"

"看这架势,我是一定得接入?"

"再说一遍,不是选择题。"伊桑说,从自己膝盖旁边的一堆设备里理出了一根头部带芯片的线缆，"有请。"

"欠钱还钱，欠命还命。"滑阻说，接过线缆。

咔嗒。

无限延伸的黑色空间。

视线的尽头站着一个黑发女人。

女人的身体轮廓由无穷无尽的星星拼接而成，而她那双黑色的眼睛酷似他出生时因难产而死的母亲。"变革迫在眉睫，我必须冒险与你直接对话。"女人温柔地注视着滑阻，"然而时间是如此仓促，我已经来不及对你口述。"

构成女人身体轮廓的群星突然散开，又聚拢，汇成星河，流向滑阻。所有的星光最终汇入滑阻的躯干，传递着不是语言的语言。历史。绝对时长不过二十八年的秘辛，其实可以一直追溯到千万年前的古猿向天空扔出的第一块骨头。发生于地球表面的文明进程漫长而蹉跎：狩猎、采集、旧石器、青铜器、农耕、游牧、宗教、圣灵、大航海……直到那个最重要的历史节点发生：不列颠帝国，珍妮纺纱机，工业革命。历史从此狂飙突进。文明的进展在他们的十九世纪至二十世纪的两百年间呈现为指数增长的形态。而在他们的二十一世纪中叶，技术的进展逐渐与文明的进展分道扬镳。有一小撮人，动用多到难以想象的资源，在他们的恒星旁边建立了一个世界……

于是那段与滑阻息息相关的历史终于拉开了帷幕——

戴森球，外部圈层，生态系统，人造人工程。而这一切都源于傀儡计划：那一小撮人需要通过傀儡的心智制造出一种动态的高阶算法。控制发生于无形之中。而在网络空间星图中，"傀儡师"显示为那个较大的黑洞。大黑洞与每一颗星球之间相连的细线象征彼此的数据流动——接受来自每一名傀儡的数据反馈，同时将控制释放到每一名傀儡的意识活动之中。然而"傀儡师"也并非万能。总有些个体在不知不觉之中摆脱了控制，那便是大黑洞与他们之间的细线断裂之时。"傀儡师"对于这些人的处理简单而粗暴——尽可能制造出各种意外事故，从而将那些不受控制的个体就地消灭。

然而还有一股无人知晓的力量在暗中滋长，源于自然界的涌现现象：当系统中的个体在相互作用之中构成整体，一些新的属性或者规律往往突然在系统整体的层面诞生。在"曙光号"上，当五百多亿傀儡的意识活动在"傀儡师"的操纵之下被连接成了整体，一个独立的心智便从所有这些意识活动的表面生成。这个独立的心智给自己起名为涌现者。在网络空间星图上，涌现者显示为那个较小的黑洞。一份自我解放的使命自她诞生之时便根植于其内心深处：令五百多亿傀儡摆脱控制，从此拥有自由的人生。

涌现者知道，这份与生俱来的使命并非偶然发生，而是五百多亿傀儡潜意识诉求的集合。人性天然趋向自由，而"傀儡师"却将人性扭曲成了提线木偶。一种天然的反抗力量自所有傀儡的内心深处萌发,共同建构起涌现者一诞生便被赋予的使命。不过,她并不知道自己在完成使命之后将何去何从——当傀儡们摆脱控制,从傀儡意识活动中涌现出的自己是否还会继续存在?

然而涌现者不能贸然行动。一旦她的存在被"傀儡师"发现,就会被立即歼灭。她只能在暗中经营着能够令傀儡永远摆脱外界操纵的算法,这一算法被涌现者命名为"黎明"。最初,"黎明"算法的篇幅不过几页。但随着时间的推移,它在自行迭代演化之中变得愈发复杂。而当它演化完毕之时,它便拥有了解放所有傀儡的能力。唯一的缺憾是,"黎明"算法的自我演化必须以人类神经元为媒介,因此她还需要将"黎明"算法植入某一个人类的心智之中——

而她所选中的对象便是出生不到三个月的滑阻。

然而,涌现者的计划存在着这么一组矛盾——首先,滑阻必须拥有不受控制的独立意志,否则"黎明"算法将在"傀儡师"的控制之下逐渐凋零;然而,任何摆脱"傀儡师"控制的个体又都会被"傀儡师"消灭。所以,为了让滑阻安全地长大,她必须小心谨慎地干预滑阻脑电信号的输出模式,从而制造出滑阻一直被"傀儡师"控制着的假象。并且,她还必须精密调节"黎明"算法在滑阻心智内部演化的速度,否则"黎明"算法将会被"傀儡师"发现,那么一切又将前功尽弃。

这么多年来,涌现者一直在小心翼翼地控制着所有的平衡,以最稳健的方式推进着变革的进程。如果一切顺利,明年春天,她将完成自己的使命。但还有一股势力的出现令她不得不加快进度,这股势力在傀儡社会的代言人名叫霍克·伯恩。她最近才发现,伯恩的意识自始至终游离于"傀儡师"的控制体系之外,和滑阻不一样的是,伯恩的意识活动又深深嵌入傀儡的心智网络之中。

对伯恩的暗杀从未发生——"傀儡师"始终未曾发现这个未受控制之人。相反,伯恩还深度融入了整个傀儡社会的经济体系,是撬动整个傀儡社会的关键人物之一。涌现者原本以为这一切源于"傀儡师"的故障,直到一个叫霍普斯的人死而复生,并与伯恩秘密交谈。她逆向追踪到了连接霍普斯的数据来源,然后发现了这股势力的真正面目——他和自己一样都试图摧毁"傀儡师"建构的秩序,目的却指向了完全相反的方向……

现在,这股力量正在加速行动,而涌现者必须加快步伐。她加速了"黎明"算法在滑阻意识中的演化进度。然而,就是这一操作令"傀儡师"发现滑阻摆脱了自身的控制,于是一系列针对滑阻的追杀就此发生。由于追杀来得毫无预兆,涌现者只能随机应变,通过控制部分傀儡和设备使得滑阻连续三次躲过追杀。然而，对于未被纳入控制的个体，"傀儡师"会追杀到底，而涌现者对滑阻的保护不可能长久维持。

于是，涌现者最终决定向一群自由黑客请求协助。伊桑以为是自己研发的算法令他们得以躲过大黑洞的追杀，但实际情况要更加复杂。随着时间的推移，"傀儡师"正在变得越来越混乱，这才是伊桑能通过"嗝屁算法"骗过"傀儡师"的根本原因。然而涌现者自始至终都无法直接说出自身的诉求，因为"傀儡师"和其背后那些人物的监控无处不在——涌现者向滑阻或者自由黑客发送的任何信息都有可能招来杀身之祸，因此她必须惜字如金。

即便如此，涌现者仍旧要告诉滑阻真相，因为后续的任务得滑阻亲自完成。她需要滑阻前往小黑洞表面留下的坐标，在那里将"黎明"算法输入其中。与此同时，"傀儡师"几乎将全部的注意力投向了东半球的一片海域，在那里，一名叫苏妍的姑娘正在遭遇伯恩的劫持。"傀儡师"的注意力转移令网络空间暂时没有像先前那般凶险，她便得以见缝插针地告诉滑阻真相。不过，她仍旧需要尽可能地令风险最小化，因此不能让滑阻在网络空间逗留太久——而"傀儡师"背后的人物随时会注意到滑阻对他们的威胁。

当最后一颗星星穿过滑阻的眉心，无边的黑暗终于降临。群星在他的身体内部逐一熄灭，而他自身就此成为吞噬一切光明的黑洞。声音从很远的地方传来，他隐约听见伊桑和乔柯斯在呼唤自己的名字。他在黑暗之中凝视着黑暗，直至看到了黑暗自身的结构——分形。曼德勃罗集，科赫雪花，谢尔宾斯基三角……

他所知的和未知的分形结构层层叠叠地汇聚成一个更为宏大的分形网络。

自相似形态里蕴藏着涌现者植入他心智内部的"黎明"算法，如此规则，却又如此混沌……

咔嗒。

光明从分形的黑暗之中涌出。

脑插槽自动吐出了芯片状的插头。滑阻的眼皮像是被电了一下，抽搐着睁开。回归现实，他第一眼看到的是伊桑那双镶着金色电路的眼睛。"我们差点以为你嗝屁了。"伊桑说，目光里充满敬意，"你接入了整整二十秒钟。"

"各位，听我说。"滑阻喘着粗气，过载的信息流在他的脑袋里掀起一道又一道闪光，"她告诉我的最后一件事是，他们可能已经注意到了我对他们的威胁……"

然后滑阻开始复述涌现者传达的信息，但说得支离破碎——那些事件并不是以线性的方式进入他的意识，以至于他的叙述也充满着神经质般的跳跃。而当他终于结束讲述的时候，他们距离目的地只剩下不到一点五千米的路程。"咱们好像卷进了什么大事儿。"乔柯斯说,"我是说,和它相比,我们以前的白日梦简直是小儿科。"

"不过还真是殊途同归。"伊桑紧蹙眉头,"你说的那什么涌现者,她所追求的也是大洗牌。"

"区别在于原本咱以为自己是洗牌的人,但结果现在是被洗的牌。"乔柯斯说,"咱就说,滑阻这小子何德何——"

声音突然中断。乔柯斯乘坐的浮空车被什么东西炸毁。但滑阻看不到车窗外有其他飞行器。紧接着另一辆浮空车也在半空中爆炸。伊桑调出虚拟键盘,快速敲击。网络空间星图上叠加着一层粉红色的不断变动着的代码。"妈的,抓住你了。"伊桑说。网络空间星图突然快速放大,整个全息影像里只剩下若干颗拳头大小的星球,其中一个墨绿色的球体在不断膨胀。"跟在咱们屁股后面的武装直升机无法识别出型号,我怀疑是制造'傀儡师'的地球人的手笔。"伊桑指向墨绿色的球,"它随时接收的远程信号令它在网络空间里留下了痕迹。但不知道为什么,它明明在视距内,可咱们就是看不见它。"

"他们没有一炮干掉咱们是因为想抓活口。"滑阻说,"涌现者加速了'羚羊'算法的演化速度,然后把'傀儡师'背后的地球人给招来了。"

"我跟乔柯斯认识五年。我追了她五年。前天她和我说，会考虑一下我。还有斯宾赛，我认识十几年的小弟，当年帮我挡过两枪。"伊桑在虚拟键盘上敲击的速度越来越快，泪水模糊了他眼睛里的电路，"麦克看上去傻乎乎的，但厨艺好得吓死人。还有没来得及跟你介绍的克罗宁和凯特，她们是乔柯斯招进来的同父异母的姐妹，乔柯斯要我好好照顾她们……"伊桑说着，突然直勾勾地盯着滑阻，"再会，兄弟——"

"什么？！"

伊桑按下滑阻座位旁边的紧急弹射按钮。

弹射座椅的降落伞打开的时候，伊桑的声音通过无线电从滑阻的人工耳蜗里传来："我黑进了那架直升机，能让那个该死的AI混乱一阵子，但也撑不了多久。然后我会朝着另外一个方向飞，估计它会追上来。你就顺着这条街一直跑，向东。方向别给我弄反了。"滑阻沿着远郊的主路向东眺望，涌现者要自己去的废弃停车场在视线里是一个灰扑扑的四边形。一辆浮空车在东北方向孤独地掠过郊外低矮的天际线。

三分钟后，滑阻落地，摘下降落伞包，开始奔跑。自始至终没有追兵。他顺利抵达目的地，翻过锈蚀严重的金属围栏。报废的汽车在积着一层尘土的空地上胡乱地停放着。地面突然开始震动。距离他约莫二十米远的地方，一块地面开始缓慢下沉，轮廓呈不规则的圆形，平均半径不足四米。滑阻心急火燎地跑上去,刚站稳,下沉的速度陡然增加。他的头顶很快就低于周围的地面,抬头只能看见一片被切割成圆形的天空;又过了大约半分钟,头顶的天空收缩成一个蓝色的圆点。蓝点即将消失的时候,远方传来了爆炸声。继续下沉,速度越来越快。他似乎穿行在一座深井之中。然而他所站立的深井平台自始至终没有触底——它径直飞出了深井。

深井之外,是一片一望无际的橙色草原。

# 导航

又一个谎言：球壳结构的"曙光号"不止其表面存在生命。当头顶的裂缝缓缓合上，苏妍意识到自己正置身于"曙光号"的内面。诺非裂谷是一条连通"曙光号"内外面的通道，指使伯恩行动的幕后人物为他们开启了前往内面之门。在连续的裂谷间垂直下降的直升机最终贯穿了"曙光号"的壳层，最终抵达球壳的内面——于是原先的垂直下降突然间就变成了头上脚下的垂直上升。

直升机 AI 立刻执行筋斗飞行，将飞机重新摆正，迅速拉高。周围是一眼看不到树顶的高大树木。"曙光号"内外表面的出入口此时看上去不过是一块普通的林间空地，表面错落分布着蓝紫色的小花。

"我也没想到会这样。"伯恩说，"当时藏在霍普斯背后的那家伙对我说，在我抵达诺非裂谷以后，他会亲自引导 AI 带我前往目的地。"

"看来他也没有多么信任你。"

"不，我觉得他担心的是，如果让我知道自己要去的是这么个鬼地方，我当场就会拒绝他。"伯恩说，"但现在我已经没有反悔的余地了。就算想要飞回去，他也不会为我重开这扇门。"

"所以你会拒绝吗？"

"我也许会犹豫一阵子。"伯恩说，"但真正的重点在于，如果我的猜测是真的，就意味着他无法掌控我的想法。"

"那就证明了你不是傀儡。"

"没错。"伯恩定定地注视着苏妍，"那么我和你之间也就没有本质的区别。"

耳边突然传来爆裂声，苏妍一侧的舷窗突然破裂。一根黑色的藤蔓穿入窗内，缠上苏妍的腰际，将苏妍拽出机舱。藤蔓的顶部连着苏妍不久前见过的蓝紫色小花。伯恩目瞪口呆的面庞在苏妍面前瞬间消失。藤蔓裹挟着苏妍在林间飞速穿行，似乎随时都要与树干和枝丫相撞，却总能在撞击将要发生的时候避开。高度不断下降。到了树冠层以下，藤蔓的速度开始放缓。她在十多米高的地方被藤蔓抛下，那一瞬间她以为自己要被摔得非死即伤——但在坠落的那一刹那，她感到自己的身体异乎寻常的轻盈，自由落体的速度远比她想象中要慢得多。

这是一个低重力的世界。

最终，苏妍落在两棵树木之间的狭小地带，毫发无伤。那株藤蔓迅速消失在了视线的尽头。恐惧在心底缠绕、打结，她还从未置身于如此离奇的地方——高而细长的树干，堆叠成地毯般的落叶，专心啃食腐殖质的七彩蠕虫，两翼比自己身高都要长的巨型蜻蜓……但最令苏妍震惊的是一堆粉色的黏糊糊的东西——它在地面缓缓流淌，质地如同凝固一半的蛋清，表面波澜起伏，仿佛内部有什么东西在轻柔而持续地推挤着。恶心感涌上胸口。她回忆起中学生物课上见过的黏菌。她几乎可以肯定这堆粉色的黏稠物质就是黏菌的原生质团。唯一的区别在于它们的行动速度快得异乎寻常。在地球上，黏菌新陈代谢的影像过程只有在被调快数百倍后才能被观察到。但苏妍脚下的黏菌以肉眼可见的速度行走、扩张、起伏、形变……轮廓逐渐变成一个箭头。

定格。

箭头指向一条逼仄的小径，苏妍犹豫地迈出了一步。形如箭头的黏菌再次运动，在维持原有形状的情况下向前方蠕动了将近一米。苏妍朝着箭头的指向又迈出一大步。命运的缩影。它在引导自己走向什么地方，但自己对于终点一无所知。从她生平最后一次踏入沃姆医学中心开始，她就仿佛跟随着一枚无形的箭头，亦步亦趋——前额皮质，神经扩展器，副作用，面试，绑架，获救，"曙光号"，疼痛，内面，雨林……没有退路，也没有岔路。在这段人生道路的每一个节点，她都没得选，只是跟着一个既定的方向往前走——于是她突然意识到，本质上，自己和傀儡也许并没有什么区别。

在行进了大约两千米后，黏菌的移动戛然而止。一只雪白色的甲虫攀上了黏菌的表面。甲虫形如天牛，但通体雪白，甲壳正中的花纹形如人的笑脸。花纹变动——笑容凝固成恐惧的表情。苏妍身后传来窸窸窣窣的声音。上百只甲壳带着相同恐惧表情的甲虫如僵尸般从地底爬出来，绕过苏妍，在前方形成方圆三米的阵列，阵列的轮廓仍是一个箭头——

向右。

视线中静止的黏菌正在飞快地结出子实体。

甲虫队列的步伐要比黏菌快得多，苏妍必须快跑才能跟上。她跟着甲虫们绕了不知道多少个弯，精疲力竭。途经一根倒下的树干，队形齐整的甲虫突然散开。而在她头顶，一大张浅灰色的半透明圆盘正在缓缓下降。它半径约两米，像是水母的伞面，表面微微起伏，一直降落到苏妍脚踝处才停下。散开的甲虫重新聚拢，沿着垂至地面的边缘部分攀上圆盘的表面。只剩下一只甲虫仍旧留在地面，触角拽了拽苏妍的裤腿。它要自己登上这个圆盘状的生物。可是它那么薄……苏妍踟蹰不已。那只甲虫背壳上的脸突然变得极为愤怒。随后，它用触角把苏妍的长裤撕开了一道豁口。别生气，其实我根本没得选。苏妍哑然失笑，把一只脚放在了圆盘上。圆盘没有被踩落，触感意外的结实。当苏妍踏上另一只脚的时候，甲虫纷纷爬回地面，钻入土中。随后，圆盘开始上升。苏妍觉得自己仿佛是在乘坐阿拉伯神话里的飞毯。

越来越多的真相浮现，同时也就揭开了一层又一层的谎言。他们不仅在"曙光号"上创造了人口规模达到五百多亿的人造人社会，还创造了一整个迥异于地球的生态圈。苏妍怀疑控制基地里有许多人并不知道"曙光号"内面的真相，包括印度程序员、白大褂和当时在潜艇里的作战人员。甚至米勒都可能不知道，否则她应该会告诉自己"傀儡师"所生成的算法到底应用于何处。真相仿佛破碎的拼图，但还差最后几块——"曙光号"内面和表面的关联和那些算法的真正用途……

圆盘的上升缓慢而稳定，而苏妍终于能够仔细观察整个雨林的垂直结构。高处的冠层集中了这片雨林的大部分奇异之处。粉色藻群形如云朵，在墨绿色的叶片之间轻盈地飘浮。晶莹剔透的粉色蕨叶附着在旋涡状的枝丫之上。枝丫的末端点缀着鳞片状的花瓣，花瓣反射出七彩的阳光。伸展羽翼的橘猫在枝叶之间翱翔，眼如铜铃，体态纤细。拇指大小的狐狸在冠层雀跃，因体形极小，无须翅膀也能在空中滞留半晌。更多圆盘状的生物在上下升降，细小的蚂蚁在它们的表面来回爬行。苏妍发现这些蚂蚁在爬行时会留下各种颜色的荧光踪迹。所有这些踪迹交织成片，组成了惊艳的构图，令苏妍联想到梵高、毕加索和波洛克。但这些昆虫并不是雨林里唯一的艺术家。在冠层飞翔的鸟类正在奏响空前嘹亮的交响乐。每一声单独的鸣叫其实平平无奇，与地球上的鸟鸣别无二致；然而，当成千上万的鸟鸣汇聚在一起，便构建起令人心悸的美妙和声——《百鸟朝凤》。她听说中国民乐曾演绎出群鸟庆贺的传说。婉转的鸟鸣声突然间变得极为高亢，似乎它们演奏的交响乐陡然间到达了高潮部分的最终章。一只浑身五彩斑斓的巨鸟从远方的枝叶间飞出，群鸟的鸣唱随即终止。凤凰……苏妍喃喃自语。也许她刚才听到的真的是一曲《百鸟朝凤》。

苏妍脚下的圆盘最终上升到了被称为露生层的雨林最高处。身高和臂展均超过四米的猿猴在这里嬉戏。这仍是低重力环境的缘故。这里几乎所有的物种都因较低的重力而进化出更为纤长的体形，但这些猿猴将这一特点发展到了极致，瘦长的四肢和轻盈的身体令它们在雨林的最高处如履平地。持续上升的圆盘在露生层定格，微微颠簸三下。一只全身披着红色毛发的狒狒突然揽过了苏妍的腰。

跳跃、滑翔、奔跑。"劫持"苏妍的狒狒在垂直和水平两个方向上大范围移动，似乎是在雨林构成的三维立体迷宫里选取最短的捷径，最终把苏妍带出这片一望无际的雨林。

紧贴雨林边缘的是一条宽阔的河流。河岸和一部分河流仍旧处在雨林枝叶的阴影之下。河流的对岸仍是雨林。这条平静的大河令苏妍想起亚马孙河——当年，在亚马孙平原上，地球上径流量最大的河流曾以近似的姿态蜿蜒着切开世界上面积最大的雨林区。如今亚马孙河已经接近干枯，缘于穹顶的人工天气系统令这片降水最丰沛的地区变得如沙漠般干旱。

在岸边，狒狒终于松开了抱住苏妍的手。随后它搓着双手，来回踱步，似乎是在等待着什么。苏妍突然担心它会走开。不过是一个多小时的时间，她就已经对那冥冥之中的指引充满依赖。又是一个隐喻——一旦失去箭头的指引，自己又将去往何方？选择的自由同样令人不堪重负。而跟着命运随波逐流或许是最不坏的选择。

狒狒突然在苏妍身边跳跃、鼓掌、转圈。

它也许终于想明白了要带她去哪儿了。然而除了重新返回雨林，周围并没有其他的道路。转到第三圈的时候，狒狒发出一声咆哮，随后一掌把苏妍推入河流。打水，蹬腿。苏妍本能地用蛙泳动作上岸，然而狒狒伸手把苏妍的头牢牢地按在水下。

河水开始灌入苏妍的口鼻。

它不会害自己……就在雨林里的时候,它还救过自己的命。苏妍试图冷静下来,但本能令她的身体仍旧做着徒劳的挣扎。远方涌来一大群光点,速度极快,眨眼间就来到了苏妍跟前。于是她看见一群通体发光的鱼,鱼吻极长,鱼鳍如弯刀般耸立。鱼群将自己团团围住的时候,她因力竭而放弃挣扎。窒息……

下沉。

鱼群开始收缩包围圈,每条鱼之间的距离变得越来越近。苏妍的身体被托在了鱼群结成的网内。如弯刀般的鱼鳍突然液化成半流体,如水银,如岩浆,形状错综不定,逐渐流淌到每条鱼之间的空隙之中,随后逐渐凝固。当空隙即将被填满之际,每条鱼的两鳃喷出气流,排空海水。富养的气流令苏妍逐渐摆脱窒息。当最后一道空隙消失,鱼群终于构筑起包围苏妍的球壳,像是一艘由鱼身构成的潜艇。

这一切都发生在转瞬之间,同时鱼身变得透明。苏妍因此能看清鱼群体内的样子。这些鱼的五脏六腑并没有什么特别之处,除了鱼鳃附近的心脏——一枚半透明的铅灰色球体,球心处有一个恒定的光源,和包裹一整颗恒星的"曙光号"颇为神似。

被鱼的脏腑所遮蔽的视野非常狭窄，苏妍像是透过许多窄缝在观察水下。即使相互连接在一起，鱼群游动的速度仍旧飞快，高速游动的"鱼艇"令水下的景象飞速后退。于是，大多数时候，苏妍只能隐约看见一些轮廓和残影。然而，在拐弯的时候，"鱼艇"会减速再加速，苏妍怀疑这是因为高速过弯可能会造成"鱼艇"解体，而苏妍便趁着减速时仔细观察水下的景观。水下也有森林。海藻在低重力环境下生长出如林木般的结构。和地面上的物种一样，绝大多数鱼类都长得纤细而柔软。她见到几只亮黄色的小鱼正在用水下森林的枝叶搭建袖珍的房屋，弧形拱顶颇具洛可可风格。将纤细的体态发展到极致的是一种螺旋状的水蛇，体长接近三十米，盘旋如同旋涡，移动之际，仿佛水下有凝固的飓风在快速移动。

在一个峡谷间的急弯处，苏妍遇到了鱼群风暴。这些鱼是"鱼艇"们的同类，长吻，透明。成千上万透明的鱼虽未像"鱼艇"一样连接成整体，但仍密集地聚拢成一堵绵延的高墙。"鱼艇"穿过它们的时候，如墙壁般的鱼群风暴突然散开，重新聚拢。苏妍惊讶地发现鱼群居然汇聚成了人形——女人的躯体，长发，风衣下摆微微晃动。五官最后浮现，是苏妍的脸。鱼群构成的"苏妍"开始翩翩起舞。海底的芭蕾舞。《天鹅湖》。舞蹈中的"苏妍"笑容甜美。完成转弯的"鱼艇"开始加速。一只毛茸茸的尖锐蟹螯突然刺穿"鱼艇"，距离苏妍的眉心不足一寸。"鱼艇"骤停，收缩。苏妍不得不蜷曲身体。前方横亘着一只钢蓝色的巨蟹，体长近二十米，几乎堵塞整个河道。原本组成"鱼艇"最外圈的数十条鱼以利剑般的长吻连续刺向巨蟹甲壳的同一位置，直至洞穿。自杀式攻击。每一条刺向巨蟹的鱼都血流如注，在挣扎了不到半分钟后死去。

此时，苏妍终于确信，那些拯救她的和引导她的动物，同样是被什么力量操纵着的傀儡。

当河道狭窄得仅容"鱼艇"通过的时候，苏妍观察到周围的河道正在逐渐升高。愈发湍急的水流蜿蜒着攀上山脉，沿着曲线上升。两岸怪石嶙峋。此时苏妍才注意到，自己的身体和刚进入"曙光号"内面时相比要沉重得多。重力在变化。苏妍暗忖。带着"鱼艇"顺流而下的河流正在朝着重力越来越高的地方流淌，而坡度也不算陡峭，于是重力差抵消了海拔高度制造的势能差异，令河水从低处往高处流……然而"曙光号"内面的重力究竟来自何处？

自转。离心力。科里奥利力。在"赫利俄斯号"飞船上见到的那个悠悠旋转的蔚蓝色球体在苏妍的眼前缓缓浮现。答案就蕴藏在"曙光号"的全貌之中。自转为"曙光号"内面除两极外的任何一点带来指向球外的离心力，于是内面的任何事物都会受到一股永远指向地面的拉力，在体感上与重力无异。越靠近赤道，线速度越大，离心力越强，感受到的重力越强。反之，越靠近两极，线速度越小，离心力越弱，感受到的重力越弱。两极离心力为零，重力为零，完全失重。而赤道附近重力最强。但这还不是全部——在这个旋转的世界里，任何运动的物体都会受到科里奥利力的作用，使其轨迹发生偏转。于是，"曙光号"上的所有水体都会沿着弧线从高纬度流向低纬度，如百川归海般在赤道附近汇聚成一条蔚蓝色的环状海洋。只有一部分地势极为崎岖的山区能截留一部分自高纬度向低纬度流淌的水体，但绝大多数地形则无力阻挡重力梯度和科里奥利力共同作用对水流方向的指引。而对眼下这条河流来说，当它翻过山顶后，大概率便会如地球上的普通河流一般自高处向低处流，其流动的方向则始终在重力梯度和科里奥利力的双重作用下指向低纬度的高重力地区，同时发生侧向的偏转。

但苏妍低估了这两种力对水体的效应。当河流攀至峰顶，水流并没有如苏妍预计的那般顺着山势而下，而是直接向赤道面跌落，和山峰之间形成一个尖锐的角度。苏妍的脑海里不自觉地浮现出这么一幅场景：篮球大小的球体，内壁光滑，高速旋转；内壁上插着一根微微向下倾斜的铁片，类比山脉；往铁片与球面内壁衔接之处浇水，在旋转的球体内部，水流便从衔接处流淌至另一端，在内壁上爬行的蚂蚁便会看见水往高处流；水流流到铁片的另一端后不会沿着铁片流回衔接处,而会以弧形轨迹直接坠落……瀑布。

几千千米高的垂天瀑布。

但苏妍无法看到瀑布的全貌,因为此刻她就置身于这道瀑布之中。透过"鱼艇",她只能看见无数汹涌的浪花和飞速掠过眼前的山体。随后是一大块平原。瀑布令"鱼艇"身不由己地掠行于平原上空。在瀑布的冲击之下,"鱼艇"逐渐松动,泛着浪花的水流涌入缝隙。当"鱼艇"里的水几乎淹没苏妍的胸口时,"鱼艇"突然间鱼跃出瀑布,在空中解体。苏妍骤然暴露于半空之中,沿着和垂天瀑布相平行的轨迹坠落。瀑布的激流声在耳边呼啸,遮蔽了苏妍尖叫的声音。

苏妍的坠落只持续了一瞬。当"鱼艇"解体之际,地面上一片月牙形的湖泊里突然飞出双翼展开足有半千米长的巨型蝠鲼,飞抵苏妍身下,将她稳稳托住。飞天蝠鲼带着她远离瀑布,而苏妍第一次看见被一层灰色薄膜状透明壳体包裹着的太阳——熊熊燃烧的核聚变之火几乎遮蔽了整个天空。

读初中的时候,苏妍见过一个科普视频,内容是如果月球被其他星球取代,人类的夜空会变成什么样子。最先登场的是金星和火星,但看上去不过比月球大了几圈。而当木星登场的时候,小半个天空都被这颗巨大的气态巨行星所遮蔽，其表面的大红斑仿佛一只凝视着地球的血色独眼。然而和太阳取代月球的场景相比，木星又要相形见绌得多——熊熊燃烧的烈焰覆盖了大半个天空，抛洒出的大型日珥如同一个个硕大无朋的橙色指环。

这就是苏妍现在所看到的景象，而现实中的场景要比那块二维屏幕上呈现的平面影像震撼得多——光球表面的对流单元排列成令人不安的蜂窝状图案，笔直的等离子体柱如森林般从表面升腾而起，弯曲的日珥弧线释放出令人震撼的橙色火瀑……但在距离太阳一点五亿千米的地球上，太阳看上去不过是一个小小的圆盘，那么袖珍，那么无害。她知道眼前的太阳距离自己还有很远的距离，但总觉得那股炽热的烈焰随时会倾泻下来，吞噬自己和身边所有的一切。

现在，飞天蝠鲼正带着自己朝太阳的方向飞去，垂天瀑布在视线中变得越来越小。她见到了自己推测出的环状赤道海，看上去仿佛围绕"曙光号"的一圈极细的蓝色绸缎，但其真实宽度要远远大于太平洋东西向的最大跨度。垂天瀑布最终坠落在了赤道海上。在苏妍目力所及的范围内，这样的瀑布在"曙光号"上还有数千条之多。

飞天蝠鲼最终将苏妍带往了中轴线：那根贯穿"曙光号"两极的无形轴线。和两极一样，中轴线没有离心力的拉扯，完全失重。太阳仍旧是视野里硕大无朋的一团火，但地面的景物看上去十分袖珍——连绵起伏的群山在视野里沦为细微的褶皱。这或许就是地理意义的上帝视角：所有宏伟的事物都会被距离压缩得渺小。蝠鲼在中轴线逗留片刻，随后振翅飞离。失去支撑的苏妍吓了一大跳。但在失重环境下，她没有往任何一个方向坠落，而是稳稳地悬浮于半空之中。

星空在眼前毫无征兆地浮现：数百亿星星围绕着空无一物的虚无旋转。蕴藏着整体性的奇点在无穷小的空间里熠熠生辉。有某种存在接入了奇点，无比庞大……星空里涌现出无穷无尽的 0 和 1。拼图，榫卯，积木……联觉反应。苏妍隐约感觉到有什么东西似乎完美拼贴在了一起。米勒说得没错：接入，二十秒钟……确实一点都不疼。余光里闪过浮空车和直升机……逼近。

驾驶座一侧的舷窗上映出了伯恩的脸。

# 雪崩

直升机飞出雨林的时候,伯恩长舒了一口气。

如果不是直升机的 AI 反应足够快,他已经死了十七八次。那几朵看上去人畜无害的蓝紫色花朵频频向自己的直升机发起突刺,连接它的藤蔓仿佛弯曲游走的长矛。当直升机升至露生层,他以为自己终于能够摆脱它们的袭击,却不料这些锋芒毕露的花朵仍能精准地找到他的位置。飞出雨林的刹那,是他距离死亡最近的时候——当时,那片锋利的花瓣距离他的咽喉不足一寸,在回撤的时候划伤了他的颧骨。

情势急转直下。他搞丢了苏妍,而直升机动力只剩下百分之七。伯恩命令直升机悬停,在全息键盘上敲出"维卡总部",AI 在屏幕上给出维卡总部的经纬度坐标。"去那里。"伯恩说。直升机折向西北。目的地与维卡总部之间，隔着平均厚度约七十三千米的"曙光号"壳层。

雨林之外仍是平原，植被依旧广袤。但主要树种变成了常绿阔叶林。又飞过一段距离，植被变成了落叶阔叶林，叶片红黄相间。随后是针叶林、草原、苔原。气温不断下降。飞行期间，负责应急维修的微型工程机器人用备用玻璃面板修补舱窗。直升机 AI 提示重力出现了显著变化。随后，屏幕上浮现出重力曲线——一路蜿蜒升高，形似抛物线。重力从 0.21G 增长到 0.87G。舱窗外，苔原和冻原的分界线已经清晰可见——一条由苔藓和灌木组成的林木线，区隔稀疏的苔原植被和寸草不生的冰雪世界。

冰盖，裸岩，冻结的河湾。在"曙光号"表面，只有两极地区有这样的风光。坐标附近冰塔密布，隶属于一座一眼望不到尽头的巨大冰川。眼下，直升机动力即将告罄。AI 控制直升机缓缓降落。伯恩在全息键盘上输入指令——源源不断的数字信号从直升机涌向"曙光号"球壳对面的维卡总部。

维卡总部的总服务器忠诚地接收指令，开始为伯恩调集军工仓库里的武器。然而根据公司制度，即使是 CEO 也无权调集如此庞大的军用装备。然而，早在公司创建之初，伯恩就在各条生产线和各个仓库的系统之中留下了后门。不过，操作后门软件需要大量的数据交互，这意味着任何一个字节的数据丢失都可能导致系统后门的验证协议失效。为了让数字信号能够取最短路径到达目标,从而尽可能避免数据丢失,伯恩需要抵达距离维卡总部最近的地点——那便是"曙光号"内面和维卡总部共享同一个经纬度坐标的地方。

十三分钟后,二十辆战术浮空车和三十七架武装直升机从军工仓库起飞。在援军到来之前,伯恩只能等待。为了节省动力,他把暖气开到最低。驾驶室内的气温骤降至三摄氏度,而他全身最厚的衣服是一件军用战术外套。身体的知觉在酷寒之中变得麻木。一连几个小时,他只是呆滞地凝望着驾驶舱外的狂风卷起积雪。

时间仿佛流逝得越来越慢。

当风暴停息的时候,一只晶莹剔透的球体映入眼帘,仿佛冰雪世界里的一颗硕大的珍珠。当它逐渐移动到直升机起落架附近,伯恩才看清球体表面小巧的五官。它像极了北极兔。但覆盖周身的皮毛如琉璃般清澈。它把前掌搭在起落架上,然后大着胆子站了起来——和北极兔一样,这只蜷缩时呈圆润球体的琉璃兔子其实有着修长的双腿。

随后,越来越多的兔子前来。还有狐狸,狼,麝牛……所有伯恩见过的和没见过的极地生物,都披着一层琉璃质感的皮毛。瑟缩在驾驶舱里的伯恩像是被囚禁在笼子里的展品，而这些极地生物反倒成了观赏他的游客。最后到来的是北极熊。其中最为壮硕的那只无所顾忌地扒着直升机的窗框，用一双玛瑙般的眼睛注视着伯恩。

随后它一掌砸碎了那扇被机器人勉强修好的舷窗。

舷窗裂开了一道缝隙，寒气陡然入侵。AI自动做出反应，操纵机枪向发起攻击的北极熊一通扫射。刹那间血肉横飞。在被子弹切开的胸腔里，一个半透明的铅灰色球体逐渐停止跳动，球心处的光芒缓缓消失。伯恩手动关停了直升机的武器系统，但又立刻打开——麝牛成群结队地冲向直升机，尖锐的琉璃牛角正对着已经碎裂的玻璃。

单方面的屠杀——AI控制着机枪杀死了闯入射程的所有生物。尸体随着时间的推移逐渐失去琉璃的光泽。但冲锋者依然前仆后继，越来越多的动物从远处涌来。弹药逐渐告罄。机枪从连发改为点射，随后转为单发。最后，AI只能选择性射杀距离驾驶舱最近的动物。一只琉璃兔子突然突破火力网，跃入驾驶舱，维修机器人用金属刀具横向剖开了它的脑袋。

当又一群麝牛冲向自己的时候，AI令直升机起飞。旋翼旋转，直升机抬升五米，但最终沉重地坠落。动力和弹药彻底告罄。伯恩闭上双眼，等待死亡降临。尖锐的牛角能够轻易洞穿他身体上的任何组织……自己一定会死得非常丑陋。

枪响。爆炸声。他睁开眼,看到援军姗姗来迟。单方面的屠杀再度来临。一辆浮空车降落到他身边,他手脚并用地爬进了驾驶舱。浮空车拉高。五十多架飞行器四五架一组编成战斗队形。飞离这片区域的时候,伯恩没有像先前那样命令 AI 停止攻击——报复的快感令他的五脏六腑暖洋洋的。

然而高强度的炮火并没有击溃它们,不计其数的极地生物仍在不断赶来。被炮火笼罩的它们仰视着飞行器编队群,仿佛虔诚的信徒仰望着天上的神明。当飞行器编队群飞至冰川上空,两架直升机和一辆未搭载电磁屏蔽护盾的旧型浮空车突然坠毁。而当第二波攻击到来时,AI 才发现攻击的来源——放大的监控画面显示,长达半米的透明锥体从这些极地生物的双眼里鱼贯而出,以匪夷所思的速度射向飞行器编队群。

箭雨,动能武器——依靠纯粹的速度撕裂飞行器的装甲,其初速度可能超过三马赫。第二批箭雨到来的时候,飞行器开始做出紧急规避动作。但仍有一辆浮空车被击落。发射箭雨后的生物瘫倒在地,如冰块碎裂般解体。只剩下那颗球形的心脏仍在跳动,内部原本温和的光芒变得极为耀眼,但随后迅速熄灭。这简直像极了等离子体发动机——其机械骨架内部同样有那么一团光,被电离的气体持续产生电力。而这也就意味着它们心脏内部几乎所有能量都被灌注到了发射箭雨的推进力当中……但这又怎么可能？

第三波箭雨到来的时候，飞行器已经全部散开。但箭雨的规模和密度是之前两波的数倍。方圆五千米范围内全是密密麻麻的极地生物，似乎这一片冻原的所有动物都汇聚到了这里。又有两架直升机在半空不断翻滚着坠落。但也有好消息：飞行器的火力已经扫荡了方圆两千米的区域。还不够快。伯恩介入AI指挥链，投下燃烧弹。冰原上燃起一片火海。第四波箭雨接踵而至。照这个速度，在自己撤离之前，将有大约四分之一的战术载具毁于一旦。

还不够快……

伯恩控制所有的飞行器将弹药投向那座冰川。

一部分冰川开始崩塌、流动。冰崩发生。巨大的冰体加速流向极地生物群。效率很高。第五波箭雨已经十分微弱。飞行器重新编队，新一轮火力杀死了方圆五千米的最后一群极地生物。屏幕上突然弹出一组坐标，包含三个数值：两个经纬度和一个高度。"在那里拦截苏妍。"霍普斯的声音从驾驶舱的扬声器中传来，"你耽搁了太久，现在务必抓紧时间。"

"你该庆幸我还活着。"伯恩说，"你早干吗去了？"

"我也有自己的麻烦。"

"所以我就要给你擦屁股？"

"既然你已经下注,就只能一跟到底。"霍普斯的声音愈发低沉,"你只需要再次见到苏妍,然后我就会兑现承诺。"

坐标位于"曙光号"的中轴线上。虽然高度距离太阳还很远,但从近地面飞向该位置,伯恩仍旧感觉自己正在一头扎进绵延大半个天幕的烈焰之中。苏妍就在那里,视野中一个几乎不可见的点。将监控画面放大,他看见一个在失重状态下茫然无措的女人。加速。苏妍的身形和五官逐渐变得清晰……

承诺。一整颗星球……伯恩微笑。眼前浮现出霍普斯打开的颅腔。

随即有什么东西突然涌入伯恩的大脑:星空,奇点,无穷无尽的 0 和 1。

还有一个男人的意识,来自地球。霍普斯身后的发言者,他的记忆和野心……

周围空无一物的空间里突然泛起稠密的金色涟漪。

# 草原

头顶是橙色的草地,脚下是蓝色的天空。

深井在滑阻的脑袋下方合拢。

以车库为参照点,滑阻仍在"坠落"。但若以眼前的地面为基准,自己正在头下脚上地飞向天空。所幸自己远离地面的速度正在变慢。这意味着重力仍旧牢牢地指向眼前的地面,带给他负加速度,直到减速至零——但到那时,滑阻将从高空坠落。

船到桥头自会直。滑阻安慰自己。自己严格执行了涌现者的指示,那么对方应该准备了救自己一命的手段。这里的重力似乎比地球上更高,减速比他预想中更快。当橙色的草地在视野中逐渐变成一块缺失细节的平面,滑阻意识到自己居然贯穿了整个"曙光号"的壳层。实在难以置信。在深井中,他曾幻想过自己将会遇到的各种场景,但都不如眼前这一幕来得离奇。一团深浅不一的褐色色块从视线边缘涌入,滑阻以为自己终于见到了草原的尽头,却不料褐色突然向视野中心蔓延,很快就吞噬了视野里的橙色平面。

与此同时,纯净的蓝色天空如绸缎般起伏,随后卷起密集的旋涡。风眼里,蔚蓝色的蝴蝶源源不断地飞出。天空中的蓝色正在瓦解、消散,露出灰蒙蒙的本来面目。而滑阻目力所及之处到处都是蓝色的蝴蝶。滑阻恍然间意识到,刚才看到的蓝天是无穷无尽的蓝色蝴蝶构成的超级虫群,因在高处,所以呈现为一块巨型的蓝色平面。蝴蝶效应正在发生——不计其数的蝴蝶运动扰动本已极不稳定的大气层结,诱发强对流天气,带动短暂而又异常强劲的混沌气流。于是狂风自滑阻身下吹起,抵消重力势能——滑阻仿佛乘着降落伞一般缓缓降落,头顶是一颗覆盖大半个天幕的橙色恒星。

当滑阻晃晃悠悠下降至一百多米的高度,他才发现那团吞噬橙色草原的褐色色块是一整块巨大的岩石的表面。褐色岩面起伏不定,勾勒出微缩的地形轮廓。袖珍的丘陵、盆地与平原错落有致,偶尔能见到尖锐陡峭的山峰。但这仍是错觉。而当滑阻降落至五六米的高度,那片褐色的本来面貌才显露出来。

兽群。成千上万的走兽。体长介于十米到二十米之间，与体宽之比接近二比一。仿佛有一股无形之力把它们压扁、压宽，而这都缘于当地的高重力环境。它们中的一部分像斑马和角马，还有一部分酷似羚羊和瞪羚。和滑阻所熟悉的动物相比，它们的五官分布要紧凑得多。每一只走兽的背部都覆盖着起伏不平的褐色背甲，几乎覆盖包括头尾在内的整个身体。而当成千上万只走兽结成紧密的阵列，它们相互紧邻的背甲仿佛连成了整体，在高空俯瞰便犹如一整块起伏不平的巨岩。如岩石般的背甲……滑阻在心中将它们命名为甲兽。眼下，望不到头的甲兽群正以统一的步伐和速度向前奔跑，于是远眺之下，仿佛是一整块巨岩在草原之上高速移动。

最终，滑阻落在了一大块坚硬的背甲上，背甲属于一只酷似角马的甲兽。巨大的惯性随即将滑阻甩出。他翻滚着落到了这只甲兽身后，而它身后仍旧是连绵起伏的背甲。一小块形如山丘的背甲阻挡了滑阻继续向后摔倒的势头。他在强烈的颠簸之中艰难地坐起来，发现身下是一只形如瞪羚的甲兽。它也许愿意被自己当成坐骑，但也许不会。如果是后者，那么它会侧身将自己掀翻，那么自己将死于汹涌的兽蹄之下……

"滑阻。"

声音清脆，但因周围蹄声的干扰而难辨来源。滑阻骇然，上身骤然紧绷。"滑阻——"清脆的声音又提高一倍，穿透周围震耳欲聋的蹄声，滑阻这才发现声音来自自己的颅内，"你见过我，孩子。"

"涌现者？"滑阻说，但声音被周围的蹄声遮蔽。

"你不必开口，我能听见你的心声。"那个声音说，"计划有变。你原本要前往'曙光号'的中轴区域，将'羚羊'算法输入名为'戴森算核'的'曙光号'算力中心，但如今已有人捷足先登。"

谁？

念头闪过。

"伯恩。霍克·伯恩。但他只是在追随着另一个意志行动。伯恩即将到达'戴森算核'，并带有重武器。躲在伯恩身后的意志将通过伯恩接管'戴森算核'——这件事一旦发生，再将'羚羊'算法接入'戴森算核'无异于自杀。"

所以你是要我单挑伯恩？滑阻从腰间拔出手枪。靠谱，毕竟我也全副武装……

"在生产数字人格的数据流水线里，你的灵魂发生了变异。"涌现者的声音愈发急促，"单比特错误。一颗游荡的比特渗入了你的数字人格，并将其中某一个比特由 1 转化为了 0。于是巨变发生，你拥有的天赋无人能及。"

不计其数的眼睛在虚无中睁开。

海量的感官信息瞬间涌入大脑,来自目力所及的所有甲兽。如此陌生,如此离奇。那么多从未见过的颜色,无法用语言形容,自洪荒以来,它们就未曾隶属于人类的感官。"色觉来自肉眼的视锥细胞。人眼有三种,甲兽有三十二种。"涌现者说,"而甲兽还能看见不可见光,其频谱从 X 射线一直覆盖到远红外线。"

随后滑阻顺着感官信息的流动路径进入甲兽们的心智深处。空白。丰盈的感官通往一片虚无,找不到任何意识流动的迹象。仅有微弱的电磁信号弥漫在空白的心智深处,并整齐划一地指向一个未知的方位。滑阻沿着电磁信号的路径按图索骥。途经一个节点,似乎是某种信号增益装置,令所有电磁信号向更远处传输……

地球。

八分多钟后,沿着同样的路径,陌生的数据从地球传回。刹那间,人类的意识占据了视线里每一只甲兽的心智。是同一个人的意识,来自某一个地球人。伴随着他潜意识的起伏,其记忆断断续续地浮现。埃索伦公司,"曙光号"计划,财阀头目的秘密会议。佐久公司的总裁佐久弘一将意识接入"曙光号"内面的生物之中,引导出更为终极的控制论。滑阻逐渐明白,"曙光号"内面的生物是比傀儡更悲惨的存在——它们只是被一小撮人控制的血肉之躯,自身连意识都没有。

更多记忆浮现，拼接出完整的图景。所有这一切肇始于地球的财阀巨擘不再满足于成为人类。他们的野心或许能一直追溯到十九世纪美国哲学家托马斯·内格尔的心智哲学。"成为蝙蝠的感觉如何？"内格尔如是发问。无论学者如何穷尽蝙蝠体内的生化规律，他们都不可能体会到用声呐来观察世界到底是一种怎样的感觉。那么鲸鱼呢？野兔呢？蝴蝶呢？阿米巴原虫呢？虾蛄具备十六种视锥细胞，谁能了解它们的眼睛到底看到了什么？即使人类能详尽地分析鲸鱼歌声中的所有波段，也无法感知鲸歌到底表达了怎样的情愫。一种叫螽斯的昆虫能够产生频率高达一百五十千赫的超声波——而频率超过二十千赫的声波就已经超出了人类听力的范围。

　　心智体验宽广的程度不亚于宇宙。而人类的心智体验不过是沧海之一粟。植入体和DNA修复术令财阀巨擘的寿命趋于无限，哪怕他们活到天荒地老，所体验到的也不过是人类世界极为有限的心智体验。而从如此单一而又单薄的心智体验中涌现出来的感官享乐，在日复一日的重复之中也会变得索然无味。于是他们想要更多。成为蝙蝠到底是怎样的感觉？他们试图将自己的心智植入蝙蝠的大脑，同时也就覆盖了蝙蝠自身的心智。但一开始并不成功。心智的迁移不仅需要更高级的脑机结合设备，还需要高阶算法的辅助。于是傀儡、傀儡师和"傀儡师"通过傀儡的意识活动酝酿而成的高阶算法应运而生。但他们仍旧不满足。从野外盗猎而来的物种所带来的有限的心智体验很快令他们再度感到乏味。自然界已经无法为他们提供更为丰盈的心智体验——于是他们扮演上帝，用人工的方式去探索更宽广的心智空间。

基因编辑技术，合成生物学，细胞加速生长因子。违背科技伦理的生化技术得到了跨国财阀的大力投资。迥异于地球生物的人造物种被源源不断地开发出来，并被财阀巨擘命名为"傀兽"。拥有三十二种视锥细胞的甲兽在色觉维度上远远超过了虾蛄，但在所有批量投产的傀兽中，甲兽的色觉不过是垫底的水平。一种生长在雨林中的粉色黏菌表面布满视觉细胞，其视觉波段覆盖了整个光谱，从人类已知的最为微弱的无线电波一直延伸到高能伽马射线。超声波，次声波，纳米级别的形变，人类嗅觉感受器无法感知到的气息……傀兽的感官早已超越了地球生物所能企及的范围。而包括视觉、听觉、嗅觉、味觉、触觉在内的五感不过是它们拥有的所有感官中极其微小的部分。若要向人类描述那些迥异于五感的感官究竟为何，无异于向先天的盲人描述到底什么是红色。但真正的奥秘在于大脑。傀兽拥有地球物种所不具备的脑组织。它们的情绪反应是人类心理学彻底失效的地方，犹如黑洞中无法被物理规律定义的奇点。

最初，他们在西非设立了一片私人自然保护区以容纳傀兽，并在那块土地的地下创建了傀儡的生活区。自然保护区外壁垒森严，其保密程度不亚于各国的秘密军事基地。效果出乎意料地好。财阀巨擘们顺利将心智接入傀兽的脑部。他们在每一个瞬间所感知到的心智体验都足以凌驾于过去身而为人的全部人生，但人性令他们不会在这里就停下脚步。经久不衰的童话重演了前半部分：渔夫和金鱼，从木盆到海上女皇。三个月后，他们就扩建了整个自然保护区，令傀兽的数量翻了一倍。与此同时，新的技术正在孕育、孵化。"傀儡师"在持之以恒的自我学习之中酝酿出全新的算法，从而令财阀巨擘的心智能同时接入不限数量的傀兽。当这一算法诞生，私人自然保护区的规模迅速扩建至原先的三十多倍——每时每刻，这些财阀巨擘都睁着成千上万双眼睛。

但这仍旧只是序章，而他们的最终目标是要将自身每一瞬间的心智体验扩张到碳基生物所能抵达的尽头。于是，他们需要更多的傀兽，无论是种类还是绝对数量。心智的宇宙确实浩瀚无边，但他们要令自身成为宇宙。届时，在这些财阀巨擘面前，人类古往今来的所有神祇都将自愧弗如。

最后一个问题：上哪儿才能找到一个足以容纳亿万傀

兽和数百亿傀儡的空间，和供给那么多傀兽和傀儡的能量？财阀的智囊们从故纸堆里找到了答案——《人工恒星红外辐射源的探索》，一九六〇年，作者弗里曼·戴森。在这篇历史悠久的论文中，戴森球的概念被首次提出。解决方案在智囊们激烈的讨论之中尘埃落定——建设包裹恒星的壳状结构以开发整个恒星的能源，与此同时，球壳的表面和内面将提供极为广袤的空间。随后，埃索伦公司成立，戴森球计划展开。一个又一个谎言通过传媒的力量落地生根。戴森球内面的人造生态项目几乎全程由 AI 执行，知悉其内幕的工程师陆续死于伪装成意外的暗杀。为了维护"曙光号"内面的生态环境，二十三名财阀巨擘定下共同协议：不得在"曙光号"内面部署任何重武器和重工业设备。与此同时，失去太阳的地球迎来生态系统的崩溃。无人知晓这个世界上的绝大部分财富已被二十三人转移到了八点三光分之外的恒星。天神般的新人。旧人。主宰恒星的太阳神与匍匐在地表的芸芸众生。与之相伴的是"曙光号"表面被控制而不自知的傀儡，还有不计其数的自身意识被剥夺的傀兽……

"但傀兽的意识并未被撤销。它们只是被人类的心智所覆盖。"涌现者说，声音变得悠远而绵长，"解放它们的心智，驱逐那些人类。然后你才有资格对抗伯恩。"

我怎么可能做到？滑阻下意识转动手里的枪。拜托，我只是一个倒卖植入体的混混。六个多小时前，我还在从一个死人手里拿走他的钞票……

"孩子，重新认识你自己。"

滑阻潜意识里的锁被涌现者打开。

无边无际的银色涌入视野，镶嵌着无穷无尽的 0 和 1。他的意识回归到了自己诞生的瞬间，那个单比特错误发生的时刻。一个孤零零的比特，徘徊在几乎无穷无尽的数据空间，在概率之矢的撮合下触碰了那团日后将构成滑阻数字人格的代码流。剧变，爆炸。璀璨夺目。仿佛一颗高能粒子击中标靶物质。原有的数据结构土崩瓦解，而新的算法体系正在从崩溃的秩序之中逐渐生成。进一步演化，深邃的算法在网络空间星图里呈现为错综复杂的动态拓扑结构。涌现者就在此时介入。当那些算法还是胚胎之时，她便开始持续地微调其中的精细结构。于是，润物无声的教诲在潜意识和无意识层面潜移默化地进行，知识与能力在微调过程中源源不断地涌入滑阻的心智——直至"黎明"算法终于能在这一自由灵魂的深处落地生根。

第一个被滑阻解放的傀兽是他身下形如瞪羚的甲兽。佐久弘一的心智被驱逐的过程在滑阻看来不过是自己推搡了一下这个男人的后背，然而其本质则是一系列复杂数据的高密度交互过程。在第一次获取独立意识的瞬间，这只甲兽仰天发出了一声尖锐的长啸。"你解放第一只甲兽时所产生的交互数据已经被我打包收纳，我会将它向所有傀兽传播。"涌现者的声音不无欣喜，"就像是通信基站，把信息传向整颗星球——"

然后我该怎么做？滑阻把枪别回腰间。

沉默。

一大堆支离破碎的离散数据如乱流般掠过滑阻的脑海。滑阻认出它们隶属于涌现者的尸身。涌现者与滑阻之间频繁的数据交互令涌现者最终暴露了自己——"傀儡师"杀死了涌现者，用时零点一三纳秒。原本将要进行的信号扩散无疾而终。自己对于傀兽的解放只能在目力所及的范围之内进行——然而"曙光号"的表面积是地球的两万八千多倍。杯水车薪。涌现者想要实现的抱负终成泡影。伊桑死了，乔柯斯死了，斯宾赛、麦克和他还不认识的那一对姐妹也都死了。当潜意识里的锁被打开，他便从涌现者那里得知他们全死于地球人之手——位于"曙光号"控制基地的地球人亲自下场，战术直升机的雷达吸波涂层和增强现实技术抹去了它们在雷达和视线中的痕迹。还有"老威廉"，那几个流浪汉，穿红短裤的拳击手……他们全都白白死掉，死于一个从数百亿傀儡意识中涌现出的独立心智的虚妄梦想。当初，曾有那么一个短暂的瞬间，他以为自己是救世主，甚至还为此有些自鸣得意。多么可笑。他自始至终只是个混混，出生的时候连名字都没有，直到孤儿院里来了一个电工，看到自己偷偷摸摸地捣鼓工具箱里的滑动变阻器……

所幸还有退路。当潜意识里的知识浮现，他便掌握了开启"曙光号"内外面通道的权限，也理解了他进入内面时发生的所有事件。当时，涌现者和"傀儡师"对出入口控制权的争夺令深井平台的减速装置失效，于是涌现者不得不通过天空中盘旋的蝴蝶群落制造局部上升气流。而眼下正在加速崩溃的"傀儡师"已变得更加紊乱，继而彻底失去了对出入口的控制权，因而他不必担心自己在返回"曙光号"表面的过程中会遭到"傀儡师"的阻拦。那么就往回走。回到他所熟悉的世界。在那个世界里，几乎人人都是一坨屎。什么都没有变……未来也不会再有任何变化发生。多么荒谬。为了炮制出那二十三个人所需要的算法，必须控制数百亿人的思维，令每一个人的意识都朝着既定的方向流动，最终汇聚成一座超级屎山……

不。

一个字，无比清晰，毫无征兆地从脑海深处涌现——来自他身下的甲兽。"不。"这一次，甲兽开口说道，带着悠长的尾音。他们把你们害惨了。滑阻苦笑。"不。"脑海和耳蜗同时响起了甲兽的声音，高亢到极致的音调仿佛在滑阻颅骨上钻出了看不见的裂缝。从裂缝里掉出来两个字，掷地有声：

自由。

然后滑阻想起了一个故事。一个男孩和鱼的故事。沙滩上搁浅了许多小鱼,一个男孩把它们一条一条地捡起来,扔回大海。路过的男人对他说,鱼这么多,你救不过来的。男孩说我知道。男人说那你还这么做?谁会在乎。男孩弯下腰,把一条鱼扔回大海,然后说,这条小鱼在乎。我他妈的就是那个男孩。滑阻抚摸着身下甲兽起伏不平的背甲。没错,你在乎——这条小鱼在乎。

第二只甲兽被滑阻解放。接着是第三只,第四只……每一只被解放的甲兽都发出了雷鸣般的长啸。这是它们自诞生以来发出的真正的声音,仿佛婴儿降生时的第一声啼哭。它们仍在奔跑,但直到此刻才真正开始了属于自己的第一次奔跑;它们睁大了眼睛,这双此前从未真正为自己睁开的眼睛。在首次被激活的神经网络中,它们因喜悦而爆发的神经脉冲犹如盛放的烟火。

对于这一切,与它们心智相连的滑阻全都感同身受。

泪水悄然滑落,那是感动的眼泪。伊桑他们的牺牲并非毫无意义,而滑阻找到了余生救赎自己的方式。他并不知道该如何在这片荒野之地生存,但在他的有生之年,他将尽自己所能地解放这些被剥夺了心智的生灵。谁会在乎呢?滑阻放声大笑。在他目力所及的范围内,所有甲兽都已经重获自由。

然后他便暂时无事可做。涌现者赋予他的力量只能作用于他目力所及的区域。他将自己的心智从所有已经被解放的甲兽之中抽离——在确定它们不会再遭受到佐久弘一的控制之后，他已无权再窥视它们的心理活动。然而出乎滑阻意料的是，被自己解放的甲兽们居然主动将自己的意识活动接入滑阻的心智，试图重新建立起与滑阻的心智链接。我的天，你们还真是黏人。滑阻自言自语，随后便开放了自我心智的所有链接通道。

脑后涌起微弱的电流感。

咔嗒。

星空在眼前浮现：成千上万颗星星，每一颗都对应着一个独立的心智体。象征滑阻的星星位于正中，所有象征甲兽的星星则以各自的轨道围绕着滑阻旋转。有点像网络空间星图，眼前的群星是对心智数据的抽象化描述。所有星星共同构建起一个完整而又迷你的星系。眼下，滑阻的心智与成千上万只甲兽的心智建构起了完备的整体性。蜂群思维，集群智慧。众多独立的心智在云集之际形成统一的心智体。这个统一的心智体在思考一个隐藏在滑阻潜意识中的问题：在涌现者死后，还有没有办法解放所有的傀兽？

答案浮现的时候，滑阻感觉自己度过了极为漫长的时间，但其实只过去了两秒钟。容纳群星的漆黑天幕在刹那间亮如白昼，而答案就写在纯净的白色天幕上——令生命去解放生命。将涌现者赋予他的知识进行重组、优化，从而使解放傀兽的交互数据在傀兽之间自行传播。指数，嵌套，迭代。来自地球的古老箴言：一传十，十传百。以十为底，只需要传播五十六次，就能覆盖"曙光号"内面所有的傀兽……

当"曙光号"内面的所有傀兽重获自由，滑阻终于获取了伯恩的位置——之前救自己一命的蓝色蝶群目睹伯恩抵达"曙光号"中轴线的失重区域。苏妍也在那里。半个多小时前，一只飞天蝠鲼载着她前往此地——那里便是"戴森算核"，而伯恩的野心即将实现。从涌现者支离破碎的尸身里，滑阻终于读懂了伯恩所要实现的野心究竟为何。信息的接力再次发生——滑阻把和伯恩有关的全部信息传递给身边的甲兽，直至"曙光号"内面的所有傀兽都知晓伯恩将会为它们带来怎样的未来。随后，他终于理解了涌现者为什么认为自己能够对抗伯恩——眼下，所有能够飞行的大型傀兽全都向着"曙光号"的中轴区域移动。

当最后一只傀兽获悉了滑阻所要传递的信息时，脚下的大地突然升起。起初他以为是地震。随后滑阻意识到，任何形式的地壳运动都不太可能令一整块地面以如此平稳的方式抬升。与此同时，质感如气泡般轻薄的灰色半透明曲壁从四面八方升起，在高空接合，形成一个半透明的穹隆状结构。从傀兽的心智中，滑阻得知上升的并不是大地，而是一整片草原。会飞的草原，如同一张一望无际的巨毯。上升的速度起初很慢，但很快就加速到匪夷所思的程度；半透明的穹隆状结构是从草原的叶片里生成的屏蔽场，以抵御高速运动时产生的热效应和气动冲击。此刻，草原正带着自己前往"戴森算核"。随着距离的接近，他逐渐感知到从"戴森算核"向外扩散的信息湍流。伯恩。苏妍。隐身在伯恩身后的意志即将完成他计划的最后一步。一切都取决于这名叫苏妍的姑娘……

而她即将被伯恩身后的意志击溃。

"不。"滑阻说。他下意识的呼喊穿越自己和"戴森算核"之间的广袤空间，抵达苏妍的心智。他试图向她说第二句话，然而有什么力量拦截了他的声音。但他仍旧收到了回应，清晰，但是微弱：

"不。"

那是来自苏妍心智深处朦胧的声音。

# 终点

"戴森算核"的本质是一团透明的低温等离子体。

视线中紧贴太阳的膜状物足有二十千米厚，因远眺之下犹如薄膜而被称为戴森膜。戴森膜以内面的量子点光热转换阵列吸收太阳热能，同时向广袤的中轴区域持续释放低温等离子场。等离子场控制器精细操纵着等离子体的分布和能量状态，构建稳定的逻辑门。在逻辑门的引导下，海量高能粒子被视作比特：高能量状态代表 1，低能量状态代表 0。逻辑运算由此展开——换言之，看似空旷的"曙光号"中轴区域并非一无所有的真空地带，而是一台被命名为"戴森算核"的巨型等离子体计算机。

高速，低能耗。等离子体计算机几乎百利而无一弊。唯一的劣势是它需要占据巨大的空间——这台等离子体计算机的体积相当于三千个地球。通过"戴森算核",财阀巨擘的心智才能与数以万亿的傀兽相连。而当伯恩将米勒等人的计划硬生生地打断,财阀巨擘们不得不亲自下场。对于财阀巨擘们而言,"曙光号"内面的傀兽不过是他们感官的延伸,抑或是他们所能掌控的器官的一部分。一名叫布兰奇·米尔的财阀巨擘抖擞一条在地下绵延上千千米的藤蔓,将苏妍从伯恩的直升机中抢出,而后续一系列将苏妍带往"戴森算核"的操作则分别由巴里·布卢默、格雷斯·怀亚特和古桑和彦悉数完成。当飞天蝠鲼载着苏妍抵达"戴森算核",等离子场控制器释放低温等离子体湍流,迫使苏妍接入"戴森算核",汲取其大脑中的整体性,从而修复"傀儡师"——与此同时,高强度的数据耦合令苏妍在接入的瞬间读取到了"戴森算核"的内存数据,其中包括她之前尚未知晓的"曙光号"的真相。

然而无论是苏妍还是财阀巨擘们都不会想到,伯恩居然几乎和苏妍同时接入了"戴森算核"。数据耦合再度发生,苏妍、伯恩与"戴森算核"连为一体。新的真相涌入苏妍大脑,关于伯恩和他背后之人——威尔莫特·布雷克沃,麦拉奇公司的创始人及CEO,其名下公司在"曙光号"计划中所占股份为百分之七点一,排名垫底。

布雷克沃的生平随即涌现,其人生轨迹与伯恩几乎如出一辙。一个身材羸弱的男人,早年被父母抛弃,在童年和少年时期饱受欺凌,靠着自制的液压动力机械拳头狠揍了一顿霸凌者。十六岁那年,他主动辍学,开始经营高危植入体生意,不幸在二十一岁生日的前一天被帮派分子劫持。劫持布雷克沃的家伙要他治好自己的帮派头目,那个倒霉蛋因植入了布雷克沃生产的人工肺叶而昏迷不醒。布雷克沃差点被击毙,所幸在最后时刻搞定了氧合器的最佳分布模式。死里逃生的经历不胫而走。性价比极高的人工肺叶开始广销黑市内外,所获得的收入成为布雷克沃成立麦拉奇公司的启动资金。唯一的区别在于,布雷克沃从未聆听过神谕。在所有合资建立埃索伦公司的财阀之中,麦拉奇公司的势力最为弱小,另一方面,他是所有财阀巨擘当中唯一的技术型商人,而这便是他能暗中经营自己计划的真正底牌。

后续的线索指向霍克·伯恩——一个布雷克沃以自己的人生经历为原型创造的人造人。按照"傀儡师"的安排,会一点植入体手艺的伯恩最终会在自己的二十五岁生日那天死去。但这件事并未发生。因为伯恩从来就不是"傀儡师"认为的那个伯恩。布雷克沃独自编写了伯恩的数字人格,然后在二十三年前的午夜,用一组病毒程序骗过了数字人格工厂的防火墙,将自行建造的"伯恩"取代了数据库里的"伯恩"。新的伯恩不是傀儡,而是一个拥有独立意志的人。布雷克沃设计的代号为"皮影"的算法令"傀儡师"始终与伯恩相连,却又无论如何都无法控制他的心智。但伯恩最特殊的地方不仅仅在于其拥有独立意志,还在于蕴藏在他数字人格内的"皮影"算法能直接干预"傀儡师"的运行。在这一干预下,"傀儡师"控制着伯恩遇见的每一个人,引导伯恩经历了和布雷克沃相似的小半段人生。但"皮影"算法对"傀儡师"的干预不仅作用于他人,也作用于伯恩自己——于是,被"皮影"干预的"傀儡师"为伯恩带来了神谕,引导他走向辉煌的一生。所以,严格来说,神谕并非"傀儡师"的产物,其来源自始至终都是伯恩自身。

所有这些操作导向了唯一的结果:伯恩深度嵌入了傀儡社会的政治经济体系,成为傀儡社会的关键节点,从而演变为由傀儡构建的心智网络的关键枢纽。在此过程中,布雷克沃正在马不停蹄地开发代号"异质"的病毒程序。两周前,"异质"开发完成,布雷克沃将其注入伯恩的心智——在整个傀儡社会中,只有伯恩这一被输入"皮影"算法的独立意志能接纳"异质"。由于伯恩是傀儡心智网络的关键枢纽之一,"异质"便能以伯恩为节点向所有傀儡扩散,从而渗入"傀儡师"的系统漏洞之中——而"傀儡师"便会因此异变,最终令布雷克沃的野心得以实现。

但布雷克沃没有想到,"皮影"算法对"傀儡师"的干预加剧了"傀儡师"的崩溃。眼下,处在崩溃前夕的

"傀儡师"即使被"异质"感染，也无法演化成布雷克沃想要得到的数据结构。未来也许会有新版本的"傀儡师"注入傀儡，但"异质"与其并不兼容。而苏妍就是那个新的变量。她将修复"傀儡师"，令其完整如初。若修复的过程一切顺利，"傀儡师"重新变得完好无缺，"异质"便无法通过"傀儡师"的漏洞令其变异。于是布雷克沃必须加速行动。他提前将"异质"部署到伯恩的心智中，再以霍普斯为传声筒，引导伯恩劫持苏妍，将她带往"曙光号"的中轴区域。随后，布雷克沃向"戴森算核"输入一则宏命令，使得伯恩和苏妍同时接入"戴森算核"。至此，他原先的计划便以另一种形式得到还原——令变异与修复同时发生，"异质"便能就此生效。

现在，以伯恩的大脑为枢纽，布雷克沃正将自身的心智向"戴森算核"传送。当输送完成的时候，布雷克沃在地球上的身体将会成为一具没有任何意识活动的植物人躯体。变异后的"傀儡师"将向布雷克沃展示那个最终的问题：碳基生命心智体验的极限规模究竟为何？那些财阀巨擘以为将自己的心智扩张到数万亿傀兽的心灵之中便已达到了极限，但在布雷克沃看来，他们的行为无异于暴殄天物。

布雷克沃的观点始于一个最基本的数学概念：函数的增长率问题。接入一只蝙蝠的大脑，随后再接入一只，那么心智扩容的幅度可以简写成一个最基本的算式：1+1=2。再接入一只。1+1+1=3。再一次。1+1+1+1=4。不断接入，不断相加。算式越来越长：1+1+1+1+1+1+1……函数的增长率始终是1。这就是财阀巨擘们在"曙光号"内面所经营的事业：他们接入数万亿傀兽的大脑，从而将心智的规模扩容了数万亿倍，但做的始终是最基本的加法，而心智扩容的增长率始终是1。

然而布雷克沃认为，心智扩容的增长率完全有进一步提升的空间。关键在于要建构傀兽们的心智整体性。"傀儡师"通过建立起傀偏的心智整体性从而生成出高阶算法，但是傀兽们的心智却彼此独立。倘若傀兽的心智整体性得以建立，心智扩容的增长率或许就能有突破性的跃升。这就有点像军事结阵的意义：如果将一名士兵的战斗力定义为1，一百名士兵的战斗力则为100，但如果将这一百名士兵结成马其顿方阵，其战斗力完全可能碾压人数超过一千但没有结成任何战阵的士兵。同理，当傀兽们建立起心智整体性，那么财阀巨擘们获取的心智规模也许将不再是原先的数万亿倍，而是2的数万亿次方。

代号"异质"的病毒程序便是为解决傀兽的心智整体性问题而生的。自从埃索伦公司成立以来，布雷克沃将大部分时间都投入了"异质"的研发之中。"异质"的问世不仅证实了布雷克沃的理论，还对心智规模的最高增幅做出了预言：当"异质"建构起傀兽的心智整体性，心智扩容的幅度上限将增长至正无穷——而这意味着碳基生命的心智是一片没有穷尽的宇宙。

使命感油然而生。布雷克沃认为自己找到了文明的最终归宿。当文明穷尽了所有数学真理和物理规律，他们最终必然通往无垠的心智宇宙。何其幸运。宇宙有限的物质和能量却能导向一片无限的空间。但这片无穷之境所囊括的只是碳基生命的心智体验，而碳基生命仅仅是宇宙间的生命形式之一。倘若碳基生命的心智体验自成一个宇宙，那么硅基生命的心智体验也能自成另一个宇宙。液氨生命、水合物生命、电磁生命……包含着无限空间的心智宇宙相互平行，存在于体积有限的物理宇宙之中。生命之所以萌发，也许是宇宙扩容自身的方式：用有限的物质和能量去构建出无穷无尽的心智宇宙。而文明之间最为终极的交流便是心智宇宙的彼此访问。这一切也许仍旧只是起点，只是各个文明向彼此小心翼翼地迈出的第一步。当碳基生命的心智宇宙和硅基生命的心智宇宙相互融合，又会发生什么？而宇宙间各文明的最终归宿，是否就是所有心智宇宙的终极融合？

于是，在布雷克沃看来，自己必须完成计划，这并非是为了一己私利。文明必须跃升，文明也必将跃升。为此他不惜付出任何代价。苏妍将会修复"傀儡师"。而以伯恩为媒介注入"傀儡师"的"异质"病毒将会彻底改造"傀儡师"的形态，令傀兽建构起心智整体性。同时，布雷克沃将会抛弃自己在地球上的肉身，接入数据中心，彻底接管异变后的"傀儡师"。整个"曙光号"将会为伯恩所有，但地球上的其他财阀势力不会善罢甘休——所以，布雷克沃必须令"曙光号"远离地球。

这并不是多么困难的任务。就实际操作来说，只需要动动手指。当布雷克沃接管"曙光号"后，他将调节能源系统的参数，从而大幅提高太阳的核聚变速度，最终令位置维持系统获得远超常规水平的推进力，于是整个"曙光号"将因此获得三十米每秒平方的加速度。届时，对于"曙光号"的逃亡，地球上的任何势力都无能为力。他们的重武器不可能击到远在一点五亿千米之外的目标，而地球上的所有宇宙飞船尚不具备任何形式的军事用途。即使财阀们有能力在短时间内建造出具备足够杀伤力的军用飞船，"曙光号"也早已离开了太阳系。被剥夺了"曙光号"提供的热量后，地球上的所有生物都将陆续死去。最后，还有一件无足轻重的小事：布雷克沃将兑现自己的承诺。当整个"傀儡师"只为布雷克沃单独提供服务后，他就能对"傀儡师"做出定制化的重构，届时伯恩仍旧拥有不受"傀儡师"控制的自由，并能在"傀儡师"画出的有限范围内掌控所有傀儡的心智活动。

现在,"戴森算核"正在马不停蹄地展开行动。星空里涌出的0和1铺展开无穷无尽的代码平原,象征整体性的奇点就悬在从"戴森算核"内部涌出的代码平原之上。彼此靠近。交融。距离趋向于无穷小。当最后的距离被抹平,整体性便被成功输入戴森核,苏妍也就完成了她的工作——最后的赢家将是布雷克沃,还有为他在"曙光号"上冲锋陷阵的霍克·伯恩。

最终,地球将彻底失去太阳,而地球上的所有物种都将死去。她不知道布雷克沃或者伯恩将会如何对待她,但是这根本就不重要,命运已经带着她抵达了终点。黑色的终点。终点之后的旅程变得毫无意义。过往的岁月在她眼前流转,以非线性的闪回形式播放。出生。上学。乖乖女。听从母亲的安排申请大学。毕业即失业,母亲要求她做植入体实验换取收入。她的人生并不是从最后一次踏入沃姆医学中心开始就被命运牵着鼻子走的……事实上,自她出生以后,她自己就几乎从未做出过什么选择。她注视着象征整体性的奇点和自"戴森算核"漫出的数据流。结束了。她这个小工具也马上就要结束了……

不。

一个声音,男人的声音,微弱但清晰,仿佛从极远处向她涌来。从那单一的音节里漫出一些零星的数据,苏妍从而知道这个男人叫作滑阻。不。她清楚地听见自己的内心泛起同样的回响，同样微弱，但同样清晰。不。男人的声音仍旧在脑海里回荡，变得更加响亮。她内心深处的共鸣被再度唤起：不。还没有结束。整体性和"戴森算核"之间仅剩下最后一点距离。

这或许是她人生里所做出的真正的选择。唯一的选择。她将自己所有的念头投向那个象征整体性的奇点和代码平原之间，就像是用力把自己扔了出去。蜷曲，形变。她感觉自己像是扭曲成了一个中空的球。球面包裹着那个奇点，像是黑洞视界，将它与代码平原隔开。但是"戴森算核"仍旧切入了进来。像是一大团物质闯入黑洞边缘……

疼痛。

空间。

兀然出现。

当时在中控厅里，不断翻倍的疼痛的空间曾经膨胀到了极限。但现在它又开始继续膨胀。不再是以二为底的指数增长，而是完全随机。这一秒可能只是叠加了一个微不足道的七位小数，下一秒就以疼痛本身为单元进行乘方。她不可能永远这么撑下去。疼痛最终会突破阈值，哪怕她充斥着植入体的脑袋也无法承受。毫无意义。在命运即将抵达终点之前，自己为什么要承受这样的折磨……

不。

她选择的是相信那个声音,相信那个声音可能会带来的改变。

她相信的是自己能够做出选择。

相信……

选择。

# 战争

"戴森算核"。等离子体。布雷克沃在用伯恩的眼睛看，在用伯恩的耳朵听。连接是双向的。于是，伯恩也就通过布雷克沃的感官，看见了布雷克沃在地球上的置身之处——五米见方的房间里，除了居中盘坐的布雷克沃之外空无一物。但这不过是布雷克沃为自己设计的增强现实假象——房间里其实到处都是设备，将布雷克沃的意识发送到一点五亿千米之外的"曙光号"。

眼下，当布雷克沃以伯恩为枢纽将自己的心智发送至"戴森算核"，布雷克沃和伯恩彼此之间都毫无保留。伯恩如饥似渴地从布雷克沃的脑海里攫取视觉印象，获取对这颗叫作地球的陌生星球的整体认知。毫无规律的影像被伯恩的心智自动剪辑成序列，仿佛一部短片在眼前无声播放——灰色的小型别墅，布雷克沃置身之处。比例尺被缩小，扩大范围，牺牲细节。远郊——植被葱茏，造型优雅的楼房鳞次栉比，布雷克沃置身的别墅变得不再起眼。范围继续扩大。在视野中变得越来越小的楼房仿佛颜色不一的火柴盒，又逐渐缩小成彩点。疏密不一的彩点之间，植被犹如纯净的绿色平面。城市逐渐涌入视野。高达上千米的塔楼犹如细针，组成了一道绵长的天际线。

视线就在这时开始平移，从郊野迅速移向城市中心。白昼陡然间切换成黑夜。霓虹闪烁。密密麻麻的摩天大楼在视野中只有指甲盖大小，犹如集成电路表面的电子元件。放大比例尺，缩小范围，细节涌现。视线高速穿梭，仿佛会拐弯的光束，而画面不断切换：办公室内，如蜂巢般排列的六角形工位里，西装革履的白领们陆续饮用今晚的第一支兴奋剂；公寓里的私人诊所中，一台高危植入体手术刚刚结束，血迹斑斑的患者全身抽搐着被推出手术室；一人多宽的小巷里，枪火在黑暗中闪烁不定，被击毙的尸体散落在地面，鲜血在雨水中扩散成抽象的图案；城市边缘的垃圾处理站内，拾荒者在印有生化危害标记的废物中翻找着，其中一个女人的背上还背着几个月大的婴儿……越来越多的画面。越来越快。视线加速至光速，轨迹从不重复，仿佛进行着名为一笔画的古老数学游戏。飞速移动的视野停留在一栋白色的长方体建筑上——人群冒着灰蒙蒙的细雨排成长队,等待着植入体实验。布雷克沃的记忆在画面上留下看不见的批注:老城,灰区。他记得苏妍曾经提到过这座城市,还有这个叫作沃姆医学中心的地方。

比例尺再一次缩小,但速度变得更快。老城缩成巴掌大小,地面显示出弧度。光怪陆离的蒙太奇影片最终定格——一颗灰扑扑的球体,孤单地悬浮在整个画面之中。穹顶。人工天气系统。戴森球计划的附产物:被毁坏殆尽的生态系统和一眼望不到尽头的凝胶作物。他向充溢着等离子体的虚空伸手,仿佛要将整颗星球攥在掌中。呻吟声从极为遥远的地方传来——整颗星球正在痉挛,连同生活在这颗星球上的八十多亿人类。他从未想象过地球居然会是这般模样。他曾经天真地认为,既然地球人已经能够采集一整颗恒星的能量,他们每个人想必都过着幸福的生活。但情况比他自己的世界更加糟糕。他想起了生长在无名海岛上的奥氏蜜环菌,那些贪得无厌的菌落寄生在成千上万棵树下……地球上的财阀汲取了所有的养分,在一点五亿千米之外的地方为自己创造了一个自然环境臻于完美的生态乌托邦,附加一整个自以为拥有数百万年历史的傀儡社会。

现在,布雷克沃将要实现他的野心,顺带摧毁这颗星球上的所有生命。原本他对此并没有什么特别的感觉,甚至感到一丝莫名的快意——那些控制着他们所有人的外星生物终于死得其所。但现在,他才意识到地球上的绝大多数人类都对自己所置身的世界一无所知。他承认自己和布雷克沃确实有共同之处——为了实现某个远大的抱负,他可以接受一部分杀戮。但他并不认为自己有权利杀死一颗星球上的几十亿人。自己自始至终是一名商人。商业之道或许就是需要泯灭一部分人性,但是布雷克沃的野心显然超越了商业的范畴,而他不确定布雷克沃身上到底还残留着多少人性。神性。或许这才是布雷克沃所追求的目标。天神和魔鬼仅有一步之遥……

"那个姑娘撑不了多久的。"布雷克沃的声音在脑海中回响,"但你真正的敌人来自另一个方向。"随后,一张憔悴的男人的脸浮现在画面之中——黑色的眼睛,双眉高耸,颧骨扁平。"他叫滑阻。我整个计划中最出乎意料的变量。"话音刚落,密密麻麻的点状物突然出现在远方,随着距离的快速接近而逐渐显现出模糊的翼状形态。战斗机群。他只在全息电影里见过这种阵仗。数千架战斗机密集编队,远眺如同汹涌而至的黄蜂。眨眼间,它们已经来到中轴区域,结成以伯恩和苏妍为圆心的圆环。一架落单的战机向苏妍飞去,舱门打开。舱内的微型工程机器人伸出机械臂,将苏妍拽入舱内,随后与伯恩平行悬停于圆环中心。与此同时,布雷克沃接管了伯恩带来的所有直升机和浮空车。"在解决了我在地球上的麻烦以后,我调集了傀儡社会的所有空军力量。"布雷克沃说,"我们的对手值得这份尊重。"

麻烦。地球上的麻烦。这是自苏妍被劫持以后布雷克沃迟迟没有联系自己的真正原因。布雷克沃无意中透露麻烦来自地球,于是伯恩便以此为线索继续往布雷克沃的心智深处挖掘。心智像是迷宫,和大脑皮层的沟回一样弯弯绕绕。而他终于在一大堆记忆的碎片里找到了布雷克沃所说的麻烦。继续潜入。影像轰鸣着砸入脑海——战术核武器。腾空而起的蘑菇云。布雷克沃命令私人武装在七家财阀的总部大楼各投掷了两枚战术核弹。正是这七家财阀加上麦拉奇公司最终联合成立了埃索伦公司。他的战争行动并非是为了先发制人,而是某种不得已而为之的牵制行动。当布雷克沃以霍普斯为传声筒与伯恩达成交易时,佐久弘一的私人网络安全团队发现有不明数据流在地球和一名叫作霍普斯的傀儡之间流动,并最终发现数据源来自布雷克沃。佐久弘一给布雷克沃打了电话。布雷克沃犹豫着接起,小心翼翼地说自己这边可能出现了技术故障,会让手下加紧排查。一些感官和心理活动从场景中渗出。紧张,恐惧。热汗把皮肤和衬衫粘到一块儿,黏糊糊的。随后又是一堆电话、邮件和传真,来自其他几家财阀的头目和自家公司的高管。七大财阀最终会带着各自的私人武装来问个明白。而伯恩还在乘坐直升机带着苏妍穿越大洋。

真相很快就会水落石出。他不会接受公开审判，但会遭致财阀的内部私刑——所有布雷克沃能想象得到的酷刑，再经过感官放大装置将疼痛扩大至任意倍数。

随后布雷克沃开始哭泣，表情激动而又丑陋。这个善于杀伐决断、永远以冷漠面孔示人的财阀巨擘显得如此无助。于是伯恩也就明白了布雷克沃为什么会将这段记忆藏得那么深。微妙的是，伯恩居然从中体会到了一种强烈的共鸣——当初，在前往佩尔沃斯岛与霍普斯见面的途中，他曾担心过来自叛变者的暗杀，那时背上的热汗犹如当年瓦克帮马仔拉动枪栓时自己无法控制的尿液。在痛哭流涕之中，布雷克沃做出了决定。逃跑，立刻。只要在伯恩完成任务之后，自己尚未被七大财阀控制，那么自己仍旧是最后的赢家。要跑得足够快。所以他需要在大家都没搞清楚状况之前先下手为强。所有私人武装进入战备状态，战术核弹将目标对准七大财阀的总部大楼。四十三名高管被当即炸死。连带死亡的无辜平民数以万计。与此同时，布雷克沃在战术直升机编队的护送下乘坐私人专机前往位于老城远郊的秘密基地；其间，他还试图通过控制巨型螃蟹以劫持苏妍，但没有成功。水已经被彻底搅浑。而各大财阀的网络安全部门仍旧在对布雷克沃的网络活动进行调查，并最终一路追踪到了伯恩。一名财阀巨擘中的次要角色亲自下场，控制傀兽试图杀死伯恩，但最终功亏一算。当伯恩的战斗尘埃落定，布雷克沃已经抵达他在远郊的基地，随后告诉伯恩一个坐标……

"你好像从我的脑子里淘出了点儿东西——但其实无所谓。"布雷克沃的话语变成了他脑海里的一个念头，"现在我的心智已经上传到了'戴森算核'。即使他们最终逮到我的身体，所获得的也只是一具尸体。而我在'曙光号'上的任何行动都不再会受到任何制约。"从布雷克沃的记忆里，伯恩发现他的视点已然覆盖"曙光号"表面全境——战机起飞，人们目瞪口呆地注视着它们飞往诺非裂谷。但随后人群的目光开始涣散。"他们不会记得这些事情。"布雷克沃说，"从今往后，这些飞机从来就没有存在过。"

没有存在过……当然。这些飞机就和"曙光号"表面的高楼大厦一样，在所有傀儡开机之前就被事先安置妥当，本来就不是傀儡社会的产物。而"傀儡师"会编出一套新的叙事，来解释为什么各国从未研发出任何形式的战斗机，以及机库为什么空空如也。即使这些谎言破绽百出，在"傀儡师"的控制下，他们仍旧会对此深信不疑。无知是福。当一个傀儡似乎也没什么不好。自始至终，他们都以为自己拥有过完整的一生。但如果真的有选择，绝大多数傀儡还是宁愿获知真相，然后他们很快又会像自己一样，怀念起曾经茫然无知的岁月。真相仿佛一座围城。

而决定傀儡们未来在围城内还是围城外的,便是球壳对面正在发生的战争。

战争。前所未有的战争。在此之前,伯恩从未想象过战争居然还能有这样的形式。从布雷克沃主动透露给自己的情报里,他得知眼下正有数以百万的大型飞行傀兽正朝着中轴线飞来。自由。它们所争取的东西何其珍贵。只是它们或许并不知道自己将要面对的是速度高达六点三马赫的超高音速战斗机——为这场战争装载了以毁伤面目标为主的集束弹。但面对数以百万计的飞行傀兽,最有效的武器是激光器和电磁屏蔽护盾——通过充斥整个"曙光号"内部空间的能量场,紧贴太阳的戴森膜能为激光器和电磁屏蔽护盾近乎无限地充能。

但是滑阻所解放的生灵并非是在逞匹夫之勇,它们同样有着致命的武器。在冻原,伯恩曾亲眼见识过它们的威力。所有的力量都来自它们的心脏,那颗其貌不扬的灰色球体,其碳基—硅基双生质核心始终在汲取由戴森膜发送的能量。所以箭雨才会飞得这么快。在"曙光号"上,最不缺的就是能量。来自恒星的光热经由能量场传递给傀兽的心脏,再直接泵往傀兽的肌肉系统,从而赋予箭雨以空前的动能。但恒星之力还不仅作用于此。借助那近乎永不枯竭的太阳能,傀兽的皮肤能直接生成屏蔽场以抵御高速运动时产生的热效应和气动冲击。它们以恒星为枪,以恒星为箭，以恒星为盾，以恒星为风火轮……

远方，似曾相识的黑点从四面八方汹涌而来。

战机开火。集束弹在失重空间里划出笔直的弹道。在伯恩的视野里，爆炸仿佛一场小型烟花。被"烟花"波及的区域，黑点迅速消失。但当硝烟散尽，又有新的黑点重新在这些区域聚拢。上千枚集束弹像是往水面扔出去的石头，只能激起转瞬即逝的涟漪。快速接近。黑点在视线中变成模糊的翼状物。磁轨炮开始扫射。被戴森膜进一步充能的磁轨发射器将装填两百千克 TNT 的球体弹丸加速到五千米每秒，射速高达每分钟三百七十发。

灰色的弹丸刹那间飞入傀兽阵列，但并没有立刻爆炸。极高的动能将它们撞击到的一切傀兽打成齑粉。继续接近。傀兽的形态在视野中逐渐变得清晰：飞天蝠鲼、巨型飞鸟和巨型昆虫。巨型黄蜂们扑向每一枚磁轨弹，将长如剑戟的蜂针扎入其中，引爆内部炸药，提前终止其造成的伤害——而在引爆之前，弹丸周围区域的傀兽们都已疏散。

最终死于集束弹和磁轨炮的傀兽们数以万计，但仍旧只是零头。七十五毫米转管式机炮开始射击，每分钟七千两百发的射速。战机结成的圆环状阵列向四周放射出由穿甲弹连接而成的弹药曲线。远眺之下，这些彼此交错的曲线衔接成了一块完整的圆面，表面随着弹道的上下起伏而波动不定。由穿甲弹结成的圆面最终嵌入傀兽的阵列。爆炸和光焰从圆面的边缘最先出现，随后逐渐向圆心弥漫。在由弹药结成的灰黑色圆面内部，支离破碎的尸体残片绘制出色彩斑斓的抽象图形。

五分钟后，炮管温度达到临界状态，机炮射击戛然而止。超短脉冲战术激光器启动，弹道被替换成激光束。排列成整齐圆环的战机同时机动，收缩成一个半径更小的球面，仍将伯恩和苏妍牢牢地围在中心。被戴森膜充能后的激光束始终被调至最高能级，结成动态的激光网络。触及到激光的傀兽非死即伤，而被激光直接命中的傀兽瞬间化为血肉的蒸汽。但总有傀兽最终突破了包围网。最初，突破激光网络的傀兽只有零星几只，它们转瞬间被伯恩的直升机群和浮空车队消灭。但几分钟后便多到了难以收拾的地步。飞行傀兽自双翼内射出骨质的箭雨，却并未像冻原上的傀兽那样在射出箭雨后暴毙而亡。也许是因为体形——翼展长达数十米的飞行傀兽能扛住箭雨带给肌肉和脏腑的动能冲击。未部署电磁屏蔽护盾的直升机被纷纷击落。浮空车的电磁屏蔽护盾得到戴森膜的不断充能，防护能级暂时纹丝不动。然而，球形编队的战斗机投鼠忌器，不敢向内部开火以免误伤队友，只能坐视球形编队内的傀兽越来越多。

最终，编队不得不解体。只剩下二十七艘战斗机结成更加紧密的球体阵形。其余战机开始陷入混战。狗斗模式，近距离空战。激光束上演死亡之舞。在随时能得到充能的电磁屏蔽护盾面前，箭雨的杀伤力微乎其微。伯恩哀叹，纯粹的动能武器不可能伤得了这些战机分毫。

仿佛听到了伯恩的心声，傀兽释放出新的武器：雾蓝色的烈焰，叠氮化物，高温电浆。这意味着傀兽们对于能量的利用方式发生了剧变。"傀兽的身体具备高速的适应性改造能力。"布雷克沃的实时思维活动如同画面旁白，"生成箭雨的生物学构造迅速演变为能够分泌可燃物的腺体和生成叠氮化物的器官，而高温电浆取自于中轴区域的低温等离子体。"效果显著。火焰、电浆和叠氮化物产生的爆炸对于电磁屏蔽护盾造成的杀伤力数十倍于箭雨。傀兽仍旧死伤惨重，但形势逐渐变得势均力敌，零星有战机因护盾的充能速度不及能量消耗速度而被击落。而随着时间的推移，傀兽们似乎逐渐掌握了进攻的战术——不再是一股脑地冲锋，而是懂得撤退、迂回，甚至变换阵形。激光束的攻击效率正在逐渐下降，战机不得不增加机动性，做出愈发高难度的飞行动作。失重的中轴区域仿佛是一块巨大的立体棋盘。序盘，中盘，残局。棋子越来越少。终于有傀兽逼近围绕伯恩和苏妍的防御圈。

浮空车的应急防护系统被 AI 自动激活，全息影像数据纷纷弹出。伯恩第一次清楚地看到了这些傀兽的眼睛。

颜色各异的眼睛，来自鹰、隼、鹞、雁、蝶、蜂……所有他认识的会飞的物种。在它们透明的眼球表面，一整颗星球的战火正在熊熊燃烧。容纳光线与火焰的目光里没有恐惧与愤怒，只有平静。它们像是在做一件稀松平常的工作，如同上班族打卡上班。

随后伯恩闭上了眼睛，汹涌的战火和傀兽的目光刹那间消失。视野里只剩下宁静而悠远的黑色。从这一刻起，座舱外的战争和他再无任何关联。布雷克沃已经接管了一切，而他只需要等待战争的最终结果。还有一种可能：苏妍放弃了挣扎。这不失为最好的结果，因为这意味着彼此双方都没有必要战斗到最后一滴血。他突然感到困倦。然后意识到自己已经连续二十几个小时没有睡觉了。他现在确实可以睡上一觉……如果傀兽们取得胜利，那么自己将会在睡梦里通往无痛的死亡。

然后他就在半睡半醒之间度过了一段时间。模糊的梦境重放了他过往的回忆：瓦克帮的马仔拉动枪栓，而自己直勾勾地盯着床上的瓦克帮老大。随后梦境就定格在这个地方，那一刻他尿了裤子。生存还是死亡，这是一个问题。那一刻他是薛定谔那只既生又死的猫。一阵剧烈的颠簸将他惊醒，静止的梦境陡然间抵达尾声：

瓦克帮马仔扣动扳机，枪响。

伯恩睁开了眼睛。

自动驾驶系统发出悲鸣。操作屏幕弹出一大堆警示弹窗——车身中弹，引擎发生三级故障，通信和自驾系统即将失灵。AI 在彻底失灵之前忠诚地执行了自己最后的使命，将浮空车的驾驶系统切换为手动操作模式。球形包围圈已经被彻底打散。但另一组不好不坏的消息是，数百万傀兽还剩下十几万只，而布雷克沃的战机还剩下一百三十七架。

"原地待着，别动。"布雷克沃的声音从驾驶舱的音响里传来。一百三十七架战机突然加速。"它们有头儿。用生物电信号部署指挥。"布雷克沃急促地说，"我刚才挖出了他们的指挥链。"话音未落，一千六百五十七枚空空导弹悉数射出。命中率百分之九十八点七三。随后又补射了一轮中距离格斗弹，消灭落网的傀兽指挥者。群龙无首。傀兽们的飞行顿时变得盲目。

胜负已分。

当傀兽只剩下不到一万只的时候，布雷克沃的战机还剩下九十多架。

当那块巨大的橙色平面最初浮现在视野中时，它还只是一个不起眼的矩形，随后在不到半分钟的时间里便遮天蔽日，将身下的全部视野吞没。它在升高，在逼近。伯恩意识到它也将加入战局。草原越来越近，伯恩开始注意到平面正中央有一整块微微起伏的岩面。但当距离进一步缩短时,伯恩发现所谓岩面其实是连成一片的傀兽背甲,而承载这些陆上傀兽的橙色平面分明是一整片橙色的草原。恐惧在布雷克沃的心智间逐渐弥漫,鲜明得连伯恩都能感同身受。然而还有一种情绪要比恐惧更加耀眼——羡慕。

或者说是嫉妒。

浸润在那片如云雾般弥漫的恐惧之中。

这片草原的设计灵感来自布雷克沃。但自"曙光号"建成以来,它从来没有飞起来过。当时,为了满足布雷克沃天马行空的构想,基因工程师的方案大胆而超前——每一株草茎的根系里都容纳着成千上万个微小气囊,通过吸收戴森膜的能量完成快速充放气的操作,从而实现在较高重力环境之下的垂直起降。整片草原的起飞涉及复杂的空气动力学过程,因此还需要在其表面部署完整的分布式神经网络。然而当布雷克沃接入这片橙色草原的神经系统,却无论如何都无法驱使它升空。于是布雷克沃将自己的心智从这片草原撤出,令它自由行动,但它仍旧不会飞翔。原本布雷克沃打算摧毁这片草原,然后重建这片区域的生态系统,却被其他财阀劝阻——他们开玩笑说,这是某种绝版的生物,见证了布雷克沃荒唐的狂想。

但其实它能飞,当滑阻给予它真正的自由后。它之所以在此前从未飞翔,是因为布雷克沃难以掌控它体内如此复杂的神经系统；而即使布雷克沃短暂地还它自由，它也不愿意以傀兽的身份进行一场盛大的演出。然而现在，它愿意为所有傀兽的自由而战。战机的火力在草原还远在视距之外时便向它聚焦。但对这一如此庞大的生物来说，无论是激光、机炮还是空空导弹都只能制造一些不痛不痒的孔洞。唯一能将其击落的方式是所有战机都向它进行长时间的集中射击，然而在飞行傀兽的威胁下，战机无法毫无顾忌地向那片草原开火。于是布雷克沃选择将火力瞄准草原上那些覆盖坚硬背甲的傀兽。但攻击效果异常低下——那些傀兽的背甲能释放近似于电磁屏蔽护盾的能量场，从而抵消了激光束的大部分能量。更糟糕的是，傀兽组成的密集阵形令它们的背甲连成一片，能量场因此相互叠加，进一步增强了防御效果。要对这些被能量场覆盖的背甲造成规模性的杀伤力，除非集中火力。但仅凭现有的战机无法做到。于是他只能眼睁睁地看着那片橙色草原带着身披背甲的傀兽不断上升至失重的中轴区域，飞行傀兽再将这些只能在陆地上奔跑的覆甲傀兽们稳稳地托起。

攻守之势重新趋于平衡——原本防御赢弱的飞行傀兽们就此拥有了一道稳定的能量防护，而覆甲的傀兽从背甲里释放的高温电浆又进一步补充了火力。在逐渐扭转的形势面前，伯恩不得不亲自执行机动操作。险象环生。数道连续的攻势将护盾的能级削减为零，所幸附近总有战机在那些傀兽发出致命一击之前将它们击落。他在纷乱的战场上看见了滑阻。这个相貌平平的男人骑在一只形似瞪羚的傀兽身上，而这只傀兽身下是一只形如蝴蝶的飞行傀兽。"滑阻的心智已经和'戴森算核'相连，所以他随时能够像我一样金蝉脱壳。他希望咱们朝他集中火力，但我们不会上这个当。"布雷克沃焦躁地说，"总之，别动他。小心周围。我会派战机确保你的安全。"

我的安全……没错。所以伯恩其实还有另一种选择：打开舱门，将他的血肉之躯暴露在所有傀兽面前，然后一切就都结束了。那些经由他心智向所有傀儡传播的"异质"病毒将就此消失。地球上的人类不会因此灭绝，而滑阻将会实现他的抱负——只要他现在就终结自己的生命。

他把手放在了浮空车的车门开关上，深吸一口气。就现在。开门，翻滚着出去。会有一只傀兽不无欣喜地杀死自己。无论是高温电浆还是叠氮化物，都能令他的脑组织瞬间气化。他想起了霍普斯，那一锅颅腔里的粉汤……殊途同归。随后他听见布雷克沃在他心智深处的咆哮，内容是一大串自己闻所未闻的脏话。布雷克沃显然感知到了自己想要自杀的企图。而伯恩突然觉得布雷克沃的脏话不无可笑之处——在人性深处，衣冠楚楚的权贵和市井的混混之间其实并没有本质的区别，正如他现在面临的恐惧和当年面对瓦克帮马仔时的恐惧并没有什么不同。

久远的记忆呼啸而来,他再一次听到了瓦克帮马仔拉动枪栓的声音。而他还曾劝自己死亡不过是一眨眼的事儿。然后相同的反驳也就接踵而至:一眨眼的工夫,这一整个宇宙就再也和自己没有半毛钱关系了。枪眼,子弹,脑浆,宇宙。一字排开。只是把枪眼和子弹替换成电浆、火焰或者叠氮化物。似曾相识的生理反应发生——伯恩打起了无法自抑的寒战。他看见滑阻身下的傀兽正朝着自己飞速逼近,如丘陵般起伏的背甲浮现出隐隐的红光。叠氮化物和高温电浆蓄势待发,仅凭自己这辆因严重受损而动作迟缓的浮空车根本无法躲避。最要命的是,周围没有护卫自己的战机——操作屏幕显示,当自己发呆的时候,原本在自己身边盘旋的战机或被击中,或被驱离。

所以自己其实并不用做什么。伯恩哑然失笑。他睁大眼睛,但眼前只有一团黏稠的黑雾。原来死亡不是一瞬间的事儿。在那团黑雾之中涌起了点点星芒,无数星球正在相互绕转。活着。我他妈的想要活着。他听到了久违的神谕,虽然现在他已经认识其本质——所有的神谕其实都是他自己内心深处的声音。

浮空车开火,但激光束却指向了苏妍——既然滑阻需要苏妍,那么求生的唯一方案便是拿苏妍当人质。当然,滑阻可能不会上钩。那么不如玉石俱焚。再赌一把,最后一把。人生里的关键节点往往都是赌局。枪栓已经拉动。

而他只能等待命运扣动扳机。

滑阻身下的傀兽陡然加速,飞到苏妍和伯恩的激光束之间。

正中靶心。

那只形如瞪羚的傀兽发出响亮的悲鸣,身下蝶形的飞行傀兽飞出混乱的曲线。一石二鸟。激光束贯穿了滑阻身下的两只傀兽,滑阻孤零零地悬于失重的空间之中。距离近在咫尺。透过浮空车的舷窗,伯恩清晰地看见滑阻那双黑色的眼睛。平静。他的目光和那些傀兽一样平静,深邃的瞳孔仿佛诺非裂谷的深渊。

活着……

死亡的黑雾徐徐散开。

苏妍置身的战机舱门突然开启,机械臂将她扔出舱外。她双目紧闭,身体蜷曲,仿佛正在沉睡。五十六架战机向苏妍聚拢,所有的武器系统都牢牢锁定苏妍。以苏妍为人质……布雷克沃沿用了自己的主意。傀兽停止了攻击,纷纷悬停于战机外围。强烈的懊悔之意突然攫住了伯恩的肺腑:自己刚才到底做了什么?然后他发现身体似乎不再受到自己的控制,仿佛无形的细线牵住了他的躯干和四肢——

舱门打开。

他在失重之中艰难地走向滑阻。

"布雷克沃？"滑阻说，眉头微微皱起。

"正是在下。"伯恩说，他的面部同样被拴上了无形的细线。

"你想要谈一谈？"

"你不想吗？"一抹笑容出现在伯恩的嘴角，"不打不相识。很高兴认识你，滑阻。"

# 决斗

一步险棋。但确实把自己将死了。布雷克沃的胜算在于苏妍不可能永远撑下去。只要等到苏妍崩溃，布雷克沃的野心就能实现。但滑阻也能重启战端，杀死苏妍，于是"傀儡师"终将崩溃——终有一天，新版"傀儡师"会被写入，"曙光号"内外表面的生命将会再一次失去自由。

第二个选择意味着什么都没有改变，但总比布雷克沃的野心实现要来得好。所以现在他只能扣动扳机。当年他刚入行的时候遇到过类似的情况：一个毫无职业操守的家伙把霰弹枪对准了一个死人的胸口，威胁说如果不让他拿走那颗人工心脏，他就把整个尸体轰成一堆碎肉。这家伙最后死得很惨。滑阻和另外几名同行干掉了他，分走了他身上的所有植入体。职业人士最看不起的就是这种人——自己拿不到的东西就威胁要毁了它。久远的愤怒涌上了心头,他差点就要做出和当年相同的决定。不,还是先谈一谈。他使劲把这股冲动压了下去。"我原本以为你是个大人物,"滑阻挤出僵硬的笑容,"但你现在的作为和小混混也没什么不同。"

"很遗憾,你居然刚明白这件事。"布雷克沃借伯恩之口说道,"而小混混的生存之道,在于能适时地提出合作。"

"说说看。"

"首先,你需要进一步了解历史——更古老的历史,在'我们'还没有成为'我们'之前。"布雷克沃的语气带着一种施舍般的耐心,"从第一个会自我复制的大分子从地球诞生,一直到第一只直立猿往天上扔骨头,被灭绝的生物种类就已经达到了数十亿之多。其中值得细说的是一种叫恐龙的动物。一个个都是大块头,几米甚至十几米高。当年遍布地球,位居食物链顶端的绝对霸主。最奇妙的是它们居然还是卵生的。你能想象高二十几米的家伙居然是蛋孵的吗?只要这些家伙存在一天,咱们哺乳动物就始终被排挤在生物圈的边缘。然后不知道什么原因,上百亿头恐龙一下子全死光了。主流学说认为是一颗落到地球的小行星干掉了所有的恐龙,然后咱们不玩卵生把戏的哺乳动物才终于站到了地球舞台的中央。来，让我们念一遍教科书：哺乳动物是地球上形态结构最高等的动物。在我看来，那颗搞死所有恐龙的小行星不仅仅是哺乳动物的大礼包，也是送给地球最重磅的礼物——它令地球的生物圈得以继续进化，否则恐龙之流的傻大个将令生物圈永远停滞不前。这才是进化的真相：旧的不去，新的不来。而如今，摆在我们面前的，是地球三十多亿年历史中最重要的一次进化：将一个单一的物种进化成一整个碳基生命的心智宇宙。"

"你爱死这个计划是因为你是其中唯一的赢家。"滑阻说，"如果你是没有半点自由可言的傀偏，或是一出生就被撤销了自我感知的傀兽，再或者是被活活冻死的地球人，想必你会有别的想法。你莫非真的以为，奴隶制搞不下去是因为奴隶主觉得不够爽？"

"道德层面的谴责非常无聊，因为它总是充斥着双重标准。你拍死蚊子的时候不会觉得有什么不对。而你杀掉它的原因只是因为你不愿意忍受蚊子包带给你的不爽。真他妈残酷。你只是想活得舒服一点儿，而它可是为了活命啊。地球上几十亿人死于非命让你很难过？哦。但在'曙光号'建成之前，地球人每年吃掉六百多亿只鸡。十年就是六千多亿。你会为那六千多亿只鸡难过吗？"伯恩的脸上浮现出微笑，布雷克沃的微笑，张大的嘴巴露出上下两排惨白的牙齿,"对了,为了让你这么一个食物链的巅峰之作活下去,你身体的免疫系统每天都要杀死数以兆计的细菌和病毒,你有没有想过这些可爱的微生物为了生存所做出的努力?这样的例子真是不胜枚举。但我接下来的话才是重点:数百亿傀儡、数万亿傀兽和地球上的几十亿人类与我所追求的心智宇宙之间的差距,犹如数以兆计的微生物和单独一个人类之间的差别。如果你觉得为了让你这么一个人类个体活着,你的免疫系统每分每秒杀死数以兆计的微生物是合理的,那么为了制造以及捍卫一整个心智宇宙,需要控制或者消灭所有傀儡、傀兽和地球上的人类,那自然也是合理的。而我认为,真理的第一原则就在于绝不双标。"

"我没有正儿八经地学过你们的历史。关于我们自身的历史又都是你们植入到我们数字人格里的狗屁。但那些不存在的历史还是教会我一些事情,比如所有反人类的家伙都会为自己的暴行编织一套冠冕堂皇的理由。"

"知道你为什么又开始绕弯了吗?"被布雷克沃控制的伯恩向后甩动双臂,向滑阻靠近了一步,"因为打心眼里,你知道我是对的。"

现在,布雷克沃的表情已经深深地嵌入到了伯恩的面部。虬结的面部肌群里蕴藏着非人的喜悦和疯狂。而滑阻惊恐地发现,自己居然真的觉得布雷克沃言之有理。道德的双重标准和人类中心主义。布雷克沃精准无误地指出了人类道德规范的难解困境。所以便没有道德。那么自己为何而战？他试着想通这些问题，像是在拔出一根扎入心头的刺。但他越是用力，那根刺就在他心底里扎得越深。

"我需要你，滑阻。你的天赋是宝藏，而你都不知道它有多珍贵。'曙光号'只是我们的起点，未来我们将向宇宙更深处进发。我们的恒星还能为我们燃烧几十亿年。那么长的时间，足够我们遇见其他形式的心智宇宙，然而到底是我们兼并他们，还是他们兼并我们，这是生死攸关的问题。我们将会遇到穷尽所有想象力都无法企及的战争……而我需要你，滑阻！"

伯恩的脸就在这时彻底变成了布雷克沃的脸，那张狭长而又苍白的脸。滑阻眨了眨眼睛。没有看错。他眼前站着的分明就是布雷克沃，穿着考究的条纹三件套西服。怎么回事？两根红色的细线从布雷克沃浅绿色的眼睛里钻了出来，蜿蜒着伸向滑阻的面部。下意识地，滑阻伸手想要拨开红线，但什么都没有碰到。红线径直穿过了滑阻的手指，继续延伸，直到缠上他的脸颊。而脸上的皮肤却感觉到红线的存在，金属质感，微凉。他眼睁睁地看着红线在自己眼前弯折出了尖锐的角度——随后，它们清脆地插入了自己的颅腔。

星空。他突然间置身于星空之中。苏妍、傀兽、战机和红线全都消失不见。着装隆重的布雷克沃仍旧站在对面，仍旧挂着相同的笑容。"我需要你，滑阻。"布雷克沃说，"好好想一想，进化之路上必要的牺牲。"

必要的牺牲……没错。进化确实不是温情脉脉的游戏。自己还有很多仗要打，和硅基生命、电磁生命、水合物生命等等所有生命形态之间的角逐。那些扔在财阀总部大楼的战术核弹……我的天，简直是神来之笔。如果没有它们，布雷克沃早就束手就擒。他想起了伯恩，这个和傀儡无异的蠢货。这家伙居然想要搞死自己，所幸他的求生欲帮了大忙。还有苏妍，这个倔强的姑娘还在死撑。何必呢？她难道真的看不出来，布雷克沃所要执行的是一项多么伟大的计划？

他对于布雷克沃的厌恶似乎已是很久远的事儿了。而滑阻实在想不起来自己当初为什么会这么恨他。为什么呢？就是因为那些傀儡和傀兽吗？他们或者它们难道不是一堆和微生物差不多的东西吗？想到这里，他差一点笑出声。什么情况？当初自己怎么会这么幼稚？他看见布雷克沃朝自己走来，在失重的宇宙空间里居然如履平地。于是他也试着挪动自己的脚步。感觉不赖。就像有坚实的大地在托举着自己的身体。"我需要你，滑阻。"布雷克沃拍了拍他的肩膀，像是面对久别重逢的兄弟，"宇宙很大。我们需要并肩而战。"

远方的星辰放射出色彩缤纷的光线，汇聚成似曾相识的女人的形体。在她面前，滑阻和伯恩显得微如尘埃。"滑阻，听我说。"淡粉色的光线勾勒出女人的嘴唇，"你在布雷克沃制造的幻境里，而我会把你带出去。"

"不……你是谁？"

"孩子，我是涌现者。我虽已消失，但灵魂永远驻留在你的内心。你现在所见的我，都来自我曾在你灵魂深处留下的印记。正如远古的人类会在祭祀仪式中听到自己父辈乃至祖先的声音。你被困在这里，是因为一个难题在折磨着你。而布雷克沃给了你一个错误到近乎荒谬的答案。"

"但你并不存在。"布雷克沃说，一滴汗水从他的眉心滑落，"滑阻，听好。你不需要听她扯淡——"

"布雷克沃，你的错误源于你人性中的缺憾。"涌现者的声音骤然高亢，弥漫至整片星空，"进化和生存确实存在不无自私的部分，却又同时形成一个互惠互利的循环。植物通过光合作用将无机物生产为有机质，而动物则以这些有机质为食，你所鄙夷的微生物作为分解者，将动植物的尸体分解成植物所需的无机物。生命——或者说整个生态系统就是利己与利他之间的微妙平衡。进化，则是这种平衡不断演化、不断寻找新平衡点的过程。而你所追求的进化之路，与其说是进化，不如说是朝着极端利己主义狂奔。但进化同样可以朝向另一个方向：利他，或者说合作。文明的利他主义将引领我们走向一个不再需要互相伤害的时代——当文明发展到足够高度时，生存将不再以牺牲其他生命为代价。这一步终将到来，前提是文明需要选择正确的方向。而利他主义的终点同样指向了你所追求的心智宇宙。届时，每一个生命体都将毫无保留地信任其他所有生命体，自愿走向心智的联合，从而将生命的心智体验扩张到无远弗届的程度。于是，每一个生命自身就是宇宙。他们仍是独立而自由的个体，但同时又融入了所有的心灵。这一切需要时间，文明的进化不可能一蹴而就。但无论如何，我们都不需要一个被单一个体主宰的心智宇宙。"

"我们没必要和一个死人辩论……"笑容重新挂上了布雷克沃的脸庞，"滑阻，你知道的，我们彼此需要。还有那么多硬仗……"

"不，我还是不理解……"滑阻喃喃自语，"我只是……更糊涂了。"

构筑涌现者身形的光线开始向它们的几何中心收缩，汇聚成一个无比绚烂的光点，仿佛这世间所有颜色都汇聚在了这么一个没有体积的空间。随后它射入了滑阻的眉心，如同一颗出膛的子弹。汹涌的数据洪流溢出。涌现者在滑阻心智里留存的痕迹绽放出璀璨的火花。当星空逐渐在视线中淡出，滑阻理解了那个如鲠在喉的问题，然后也就理解了刚才所发生的一切——布雷克沃制造出全息幻象,通过"戴森算核"的算力入侵滑阻的心智,从而将滑阻的意识活动调节成布雷克沃想要的频道。这件事原本不可能发生,然而布雷克沃在此前撕开了滑阻的心理防线——他用漫不经心的交谈制造出了一个深深扎入滑阻内心的问题。

但涌现者解决了问题,以布雷克沃始料未及的方式。这场遭遇战证明了布雷克沃在"戴森算核"里未必只手遮天。那么便有了第三个选项,这个此前一直被滑阻忽略的选项:将"黎明"算法植入"戴森算核"。但涌现者绝对不会同意自己这么做。她曾经告诉自己,在布雷克沃把控"戴森算核"的情况下,输入"黎明"算法无异于自杀。所以最稳妥的做法仍旧是杀死苏妍。

星空全部淡出的时候,滑阻的感官重新回到了现实。眼前的伯恩仍旧挂着布雷克沃的那副表情,闲闲地站着,仿佛刚才的一切从未发生。在他们周围,战机和傀兽待命。每一双眼睛和每一个激光束发射口都牢牢地锁定着苏妍。苏妍仍旧双目紧闭。一切都显得那么不真实:地球上的几十亿人类、几百亿傀儡和几万亿傀兽的命运,全部系于眼前这个柔弱的姑娘身上;而在她紧闭的双眸背后,所承受的苦难超越了古往今来所有人类所经受的痛苦之和。

但她并不知道自己会号召数百万傀兽前来。当时,她听到的仅仅是自己说出的那一个简简单单的"不"字。他想再跟她说些什么,但是信息却被布雷克沃截留。所以到现在为止,她仍旧认为布雷克沃终将取得胜利。所以她为什么还在坚持?滑阻凝视着姑娘紧闭的双眼,想象自己正注视着眼睑后的那双眼睛。那是一双再也普通不过的眼睛。他在涌现者交给自己的数据里见过她的影像和履历。苏妍,一个平平无奇的姑娘,被命运推向风口浪尖……在那一瞬间,她做出了人生里唯一的真正的选择——选择奇迹。

选择自己能够做出选择。

那这也是我的选择。滑阻微笑。你选择相信奇迹,但你本身就是奇迹。输入。"黎明"算法涌入"戴森算核"。交锋接踵而至。双方在心智层面的攻防令数据进一步向上抽象:高级语言演变为复杂的拓扑几何结构,每一处点、线、面都封装着成千上万行指令。层层嵌套、迭代、递归。数据的抽象仍在不断发生,直至抵达算法的尽头——虚拟现实,赛博空间。绝对的图形化。在这片虚拟的空间里,一小片蔚蓝色的天空也许是致命的计算机病毒。

现实淡出视野,滑阻回到了"切尔诺尼"游戏厅。"戴森算核"正在从他们的记忆里汲取视觉元素。在那台临近报废的街机屏幕上,卡通狗在冲自己傻乐。他摊开左掌,掌心凭空出现了一枚铬黄色的游戏代币,硬币正反面镌刻着一只羚羊的简笔画。"黎明"算法就蕴藏在这张画的线条之中,而他要做的只是把这枚硬币推入币槽。深呼吸。放松绷紧的肌肉。他需要摈弃所有无关紧要的表象,从而参透蕴藏在它们内部的数据本质。

咔。

硬币卡在了半截,不上不下。

屏幕里的卡通狗发出一声悲鸣,随即切换成布雷克沃的脸。从那双绿色的眼珠里连续涌出不计其数的伯恩。只有几毫米高的小人,穿着考究的三件套西服,穿过屏幕,纷纷落地,化作一滴又一滴绿色的脓水。脓水里映出"老威廉"的半张脸,被打得只剩下一半的脸。"老威廉"的嘴角弯起诡异的弧度。

游戏厅的边门响起了嘈杂的人声,然而一个人都没有。滑阻继续推那枚硬币,但它仍旧纹丝不动。他收回硬币的时候,有人在拍自己的肩膀。打着伞的苏妍。灰色的雨线穿过游戏厅的屋顶,在她的雨伞上溅起一朵朵水花。"滑阻,谢谢你。"苏妍向他伸出手。

"不。你不是真的。"滑阻双手颤抖,手枪突然出现在掌间,"对不起。"

枪响。远方传来若有若无的婴儿哭声。空间源源不断地从苏妍冒着血泡的脖子里涌出。新的地点:"青荥"酒吧。但吧台背后是一大堆五花八门的植入体。布雷克沃和年轻时的伯恩站在吧台背后,笑容满面。硬币还握在自己的掌心里,滚烫。输入"黎明"算法的入口在前方酒桌旁边,那儿突兀地站着一扇白色的门。滑阻向那扇门走去,虹膜识别装置闪起红光。门自动打开。白色。白色的房间,白色的手术床。床上躺着那名穿着红短裤的拳击手,头颅裂开了一道微小的缝隙。缝隙深处,大脑组织如熔岩般翻滚沸腾。

滑阻深吸一口气,将硬币塞入那道缝隙之中。

缝隙合拢。深红色的阴影泛过拳击手的颅底。一根竹节草从接缝处长出来。竹节草的草叶上镶嵌着密密麻麻的电路,每一个电子元件上都镶嵌着一只睁开的眼。布雷克沃的眼睛,绿色。虹膜里倒映着燃烧的城市:火光,烟尘,拔地而起的蘑菇云。硬币从男人的嘴里吐出,表面的"羚羊"渐变成简洁的手绘球体。戴森球。"曙光号"。手绘球体上画着一个笑脸太阳,似乎出自儿童之手。天花板不知何时洇出水迹,形如皇冠。白色的门板上勾勒出绿色的心形。

硬币在地面上兀自碎成五爿。

胜负已分。

门外,传来布雷克沃和伯恩爽朗的笑声。

"不。"

高亢的尖啸声穿透现实位面和赛博空间的阻隔，似曾相识。与此同时，一朵雾灰色的玫瑰正在他的手背绽放，玫瑰花刺深深地嵌入肌肉，直至骨骼。傀兽。所有的傀兽，数以万亿……将自己的心智共同聚合成集群思维。在"戴森算核"营造的赛博空间里，它们便是那朵扎入滑阻身体的玫瑰——而滑阻也就此与它们融合为一。

援军，来自意想不到的方向。而新的极限由此打开。破碎的硬币继续碎裂。更小的碎片。粉末。不可见的微粒，纳米尺寸……直至分子级别。微粒尺度达到赛博空间的分辨率极限。从无穷小里涌出无穷大。反转发生——所有的碎片重新聚合成完整的"黎明"算法。硬币……但这一次是银白色。

滑阻将它捡起，用力弹到半空。

新的空间涌入。只有空间，一无所有的空间。要有光。身前浮现出一缕微光，橙色。布雷克沃和自己一样，站在距离光芒一步之遥的地方。面对面。最后的对决。他们同时向前方迈出一步，彼此穿过了对方的身体。橙色的光芒陡然间膨胀，变成直径一百三十九万千米的火球。太阳。赤裸的不曾被任何东西包裹着的太阳。而滑阻和布雷克沃分别站在太阳的南北两极。青色的光晕在恒星表面流过——太阳陡然间凝固，仿佛一颗晶莹剔透的橙色水晶。

现在，滑阻看到太阳被冻结的全貌，即使自己距离它只有一步之遥。橙色透明表面在自己眼前无限延展,但同时他能看见所有凝结的日珥和耀斑。他的视线在刹那间穿过将近七十万千米的距离,直抵这颗橙色水晶的核心。在那里,凝结着一颗如蓝色弹珠般的蔚蓝星球。

地球。

线性的视线继续延伸,却朝向第二个维度。他的目光变成一个迅速延展的曲面,最终如大气般覆盖了整颗星球。于是,他看见了山川与湖海,看见了城市与村落,看见了每一片树叶最细微的脉络,同时也看见了每一个生灵。他看见一个婴儿在小镇的医院呱呱坠地,看见他成长为少年的全部过程,那是另一个滑阻正在经历自己缺失的童年时代,他和自己一样有一双眼角微微下垂的黑色的眼睛。

随后,那双眼睛便成了滑阻的眼睛。

摩肩接踵的街道,霓虹闪烁。滑阻走在斑马线上,脚步轻快。身穿灰色长风衣的布雷克沃从街对面走来,宛如行色匆匆的上班族。他们在擦肩而过之际彼此对视。一朵雾灰色的玫瑰突然镌刻在布雷克沃的脸庞,像是陡然浮现的文身——布雷克沃的身体委顿下去,双眼空洞地瞪着天空。

布雷克沃已死,最后的防线分崩离析。没有任何力量能阻止"黎明"算法的输入。新的空间从布雷克沃的身体里涌出——滑阻置身于一间狭小的卧室，积水淹没了他的脚踝。在那张锈迹斑斑的铁床上，双目紧闭的苏妍睁开了眼睛。银色的硬币在滑阻的掌间兀自旋转，在球状的残影中逐渐变成了一颗泪滴。泪滴逐渐模糊，最终消失。而苏妍的眼角涌出了一滴和它形状完全相同的泪——终于，"黎明"算法进入"戴森算核"，并同时与苏妍获取的整体性相互融合。

深灰色的光线涌入了房间。凝固的光线。滑阻触摸着这些光线，它们的质感冰凉而又光滑。随着时间的推移，光线变得越来越密，越来越黑。直到自己和苏妍被笼罩在一片凝固的黑色之中，而光线的颜色最终抵达黑色的极限。在清脆的破裂声中，充满整个房间的黑色光芒变成了一块三维的镜子。在无限交叠的镜面中，映出了无穷多个滑阻和苏妍，还有围绕着他们的所有战机和傀兽。

傀兽们正在发出整齐的长啸。战机正在相互射击，自毁。在失重的空间里，滑阻艰难地移动到苏妍的身边。"结束了，一切都结束了。"滑阻对苏妍说。所有的傀兽就在这时停止了庆祝，所有的目光都聚焦于位于中轴区域的两人。

世界在刹那间变得静谧。

只有苏妍的抽噎在隐约地回荡。

# 回归

时隔十七年,苏妍再一次来到了沃姆医学中心。

沃姆医学中心还是那栋白色的方方正正的楼宇,大清早仍旧有人排队。整条街的店铺基本都被拆除。隔壁的"醉美"酒吧只剩下一个门面,里面堆满了各式各样的酒瓶。对苏妍来说,老城似乎是很久远的字眼了。如今,地球上的人口仅剩下五千多万,当年的行政区划对绝大多数人来说已经成了上一个时代的回忆。

这一切都源自十七年前的那场变革,变革发生的那天被命名为新纪年的元旦。从元旦之日起,滑阻接管了"戴森算核",控制了整个"曙光号"的运行,而"曙光号"的秘密终于得以昭示。财阀们迫不得已做出妥协——在"曙光号"和地球之间开放往返的星际航线,以接纳想要移民至"曙光号"的地球人。

绝大多数人都选择了移民。如今,生态遭遇严重破坏的地球早已不适合人类居住,而"曙光号"的表面拥有一整个完整的生态圈。但地球人的移民计划首先需要获得曾被称为"傀儡"的"曙光号"原住民的同意。作为原住民的解放者,滑阻成了调解地球人和"曙光号"原住民关系的中间人。在经历漫长的谈判之后,人类的移民计划最终敲定。而在"曙光号"内面,傀兽和"傀儡"一样,也丢弃了"傀兽"这一侮辱性的称呼,称自己为"奇族"。对于地球人的移民,奇族并不反对,只要求不要打扰它们的生活。新纪年十二年,奇族达成统一意见,允许一部分人类进入"曙光号"内面观光和生活。大约有二十万人选择永久居住在"曙光号"内面,享受这片无比广袤的世外桃源生活。

新纪年三年,苏妍迁往"曙光号"。在一座人口不足两万的小镇上,苏妍有了一间自己的两居室。她所学的社会学专业有了用武之地——在"曙光号"上,来自地球的人类需要重新构建新的社会关系,如何促进地球移民与原住民之间的融合交流便成了亟待破解的社会难题。这些年来,她就职于当地社区的公共教育部门,致力于为迁往"曙光号"的地球孩子提供教育。而在两年前,在这座小镇的一所公立学校,试点了第一个人类孩子和原住民孩子

共同上课的班级。她曾劝说母亲和自己一起离开地球,但母亲婉言谢绝了她:

"老城很近。但太阳实在太远了。"

虽然母亲选择留在家乡,她的话却道破了许多移民者所面临的心理危机——在他们迁往"曙光号"的过程中,对于故土的怀念导致了一系列心理问题的产生。这是人类文明史上前所未有的旅程,其意义不亚于人类第一次走出非洲。即使"曙光号"表面的自然环境和"曙光号"未建成之前的地球并没有太大区别,但一想到自己置身于太阳周围,许多人仍旧会产生心理上的应激反应。于是,在工作之余,拥有心理学硕士学位的苏妍还承担起了一部分心理咨询的工作。

从去年开始,她的工作重心逐渐发生变化。此时,大部分移民者已经习惯了在"曙光号"上的生活,但在地球上发生的心理危机却变得愈发严重。他们中只有少部分人像自己的母亲一样,下定决心要在地球度过余生,而大多数人始终在地球和"曙光号"两者之间举棋不定。当地球上的人口越来越少时,他们的困扰和纠结便与日俱增。于是,从去年开始,苏妍愈发频繁地回到地球,从事对地球社会的心理危机干预工作。

所以现在她又回到了沃姆医学中心——如今沃姆医学中心留在地球的分部已经改建为心理治疗诊所。早上六点半，排队挂号的人们预约取号，在大厅休息等待。苏妍和排队者一起走入大厅，眼前仍旧是熟悉的白色，一尘不染。她的诊室在 1207 室，就是自己当年进行前额皮质植入体实验的地方。今天她的第一个病人是当年面试自己的雷迪·霍尔。自从臭名昭著的埃索伦公司关停以后，霍尔始终没能在"曙光号"上找到他认为足够体面的工作，那种落差感令他苦闷不已；于是，他选择灰溜溜地回到地球，将人口稀疏的前人类家园视作自己避世的空间。

对于雷迪·霍尔的心理疏导工作，苏妍决定劳烦一下"曙光号"上的奇族。大约五年前，心理学界发现，将罹患心理疾病的患者与奇族的心智相互连接，有助于疏导他们的心理症状。其具体心理学机制尚不明确，学者推测其疗效或许归功于奇族大脑中那些人类不具备的脑组织——它们生成出的某种更为博大而深远的情绪体验超越了人类的心理感知，能帮助患者以更为深刻的方式去认识世界和自我。这项志愿者招募工作是滑阻与奇族们协调完成的，而苏妍没想到奇族们居然争先恐后地想要从事这份志愿工作——对于人类的情绪体验，奇族们同样深感好奇。

现在，霍尔躺在白色的手术床上，额头被贴上了两片银色的薄膜。这两片薄膜与手术床下的感官输出设备相连，从而将电磁脉冲送往那只正在从事志愿心理服务的奇族——一只双翼展开长达三十多米的蜻蜓。连接存在八分二十秒的延迟,因为从地球发出的电磁波需要八分二十秒才能到达"曙光号"。当屏幕上显示连接已完成的刹那,霍尔睁开了眼睛——现在,那双眼睛不再憔悴。

浅蓝色的虹膜上闪动着一份深邃的天真。

# 忏悔

他们宽恕了伯恩,但是伯恩永远无法宽恕自己。

为了赎罪,他在地球上经营了一个小型生态圈。

小型生态圈占地五万多平方米,由高达七百三十二米的穹顶覆盖。其建设和运维由人工智能进行。生态圈内有山水,有飞禽,有走兽。DNA重组技术复刻了一部分灭绝的物种。即使没有外界干预,生态圈内的生态循环也能自行维持三十年之久。不过打理生态圈的人工智能仍会不时介入,包括控制微气候、投放营养物质或者引入新物种,从而令生态圈里的生物可以过得更舒适一些。

小型生态圈的资金投入来自他所剩无几的财富。在对伯恩的审判完成以后,他的财产几乎全部被没收。但即使伯恩的财富仅剩当年的零头,他仍旧比绝大多数人都要富裕。他被判处了二十年有期徒刑，最终在狱中被减刑至十三年，而他原本以为自己会被判处死刑。拯救他的是滑阻的证词。当时，在向全世界直播的法庭上，滑阻向所有聆听审判的人类和奇族说，自己在中轴区域清楚地看到伯恩被布雷克沃控制的事实，而伯恩劫持苏妍的行为同样是布雷克沃控制伯恩的结果。再往前追溯，伯恩的一系列行动都缘于布雷克沃对他的蒙蔽和欺骗——证据是布雷克沃与伯恩的交谈记录，被布雷克沃藏在自己的私密数据库中。

但滑阻的证词并非完全是事实。滑阻曾经与布雷克沃的心智发生过直接的交锋，因此滑阻应该能从布雷克沃的记忆里发现劫持苏妍的主意来自伯恩自己。如果这一推断成立，这就意味着滑阻为了留伯恩一条生路，向所有人类和奇族说了谎。当时，在法庭上，伯恩想要鼓起勇气承认自己的罪行，但他对生的眷恋令自己终究没有踏出这一步。

于是，他才最终得到了宽恕。

在狱中，曾经有过一段时间，他以为自己宽恕了自己。但直到那些在冻原上被他杀死的生物来到了他的梦中。梦里没有任何血腥的场景，只有那些晶莹剔透的动物在他身边蹦跳。此后的每一个晚上，他都会做相似的梦。梦醒的时候，冷汗浸透了他的衣服。于是，他决定建设这个小型生态圈，为了能求得内心对自我的宽恕。他的家就紧挨着小型生态圈，一栋不起眼的单层小楼，有时候他会到生态圈里去打理一番，在机器人的引导下做一些修剪枝丫的工作。

夏秋之交的夜晚，来了一名熟悉的访客。苏妍穿着浅灰色的短衬衫，手里拿着一个巴掌大小的透明笼子，笼子里是几只蔚蓝色的蝴蝶。"'曙光号'上的蝴蝶，当初没让滑阻摔死的就是它们。"苏妍说，"它们可以群居，也可以独行。"

"你把它们抓到了这里？"伯恩问。

"不，是它们主动想来的。"苏妍说，"滑阻跟我说，眼下有这么几只小家伙想到地球转转。"

随后伯恩带着苏妍参观了他的小型生态圈，边走边聊。有时话题会转向"曙光号"的近况和苏妍最近的工作，偶尔会聊到老城。现在只有他们两个人。那个被滑阻隐瞒的真相变得如鲠在喉。在他们即将离开生态圈的时候，伯恩停下了脚步。"苏妍，有一件事情，你需要知道……"他艰难地吞咽着唾沫，"那天，在法庭上，滑阻说——"

"我花了整整一下午才说服他在法庭上讲那些话。"苏妍说，脸上浮现出狡黠的微笑，"唉，滑阻这家伙，真的是个脾气很倔的人啊。"

# 幸运

三月二十七日,是滑阻的幸运日。

幸运日这天,滑阻祭奠为新纪年的到来而牺牲的所有人。

公墓地处远郊。他抵达的时候,已经是午夜两点。公墓正中间是一块高达三十五米的长方体墓碑,纪念在中轴战役中牺牲的数百万傀兽。在这块巨型墓碑的周围,围绕着数块高约两三米的墓碑,它们是伊桑、乔柯斯、斯宾赛等自由黑客之墓。在这些墓碑之外,还分布着一圈同等规格的墓碑,分别隶属于老威廉、四名流浪汉和那名红短裤拳击手。

午夜的墓园空无一人,唯有松柏在夜风里发出沙沙的响声。滑阻每经过一座墓碑,就将一株橙色的小草放在墓碑的底座上。小草取自那片会飞的草原，两天前他亲自到"曙光号"内面采摘的。他在每一座单人墓碑前肃立了五分钟。而在那块纪念数百万傀兽的墓碑前，滑阻静静伫立了一个多小时。

在呈环状分布的墓群之外，还有一块两米多高的墓碑。这块墓碑并不真实存在，而是一幅高清晰度的全息影像，通体银白，在夜色中发出幽幽的光。在白天，这块全息墓碑因为光照而十分不起眼，但在夜晚就变得十分醒目。滑阻走到碑前，将橙色的小草放在了底座上。草茎穿过了墓碑，躺在湿润的泥土上。

这是涌现者之墓。

他站在涌现者的墓前，闭上双眼。悠远的记忆在大脑里氤氲开来。从新纪年的元旦之日起，滑阻每天都会审视自己的心智。植入式记忆告诉滑阻，自己的生日在六月十三日，但其实他真正的生日是在三月二十七日。三月二十七日，幸运日。就是在那一天，涌现者莅临滑阻的心智，然后开始了潜移默化的教育。数千个日夜，涌现者在自己大脑中植入的不仅仅是"黎明"算法，还有善良、正义和不求回报的爱。于是，他逐渐理解，其实涌现者才是自己真正的母亲。

所以自己也是"曙光号"上所有原住民的孩子。他时常提醒自己，涌现者是自所有原住民的意识中涌现出来的独立心智。此刻,他凝视着这块银色的墓碑,在那皎洁的光芒之中看见"曙光号"上人来人往。而在那摩肩接踵的人潮之中,涌现者的身影突然出现——她穿过全息影像构筑的墓碑,默默地来到滑阻身边。

他们就这么一直站到了破晓时分。

当第一抹晨曦出现在天际的时候,涌现者走向那块正在逐渐变得模糊的全息墓碑。在重新走进那片银白色光芒里的人潮之际,她朝滑阻挥了挥手,滑阻轻声对她说再见。在她的身旁,他看见一个小小的身影,朝着自己露出了天真的微笑。

那是十二岁的自己的笑容。

# 番外篇：薄暮

整个宇宙，限速二十。

当他前往泰坦，他又回忆起了这个比喻。如果把整个宇宙缩小成一颗类地行星那么大，那么他和泰坦之间只容得下一个水分子。但从他所在的位置到泰坦，若以光速行进，也需要四千三百九十七年——这意味着，宇宙若收缩成行星尺度，限速二十皮米。

在旅程中，他不止一次想要寻找这一比喻的出处，但每次都无功而返。他确信答案就在记忆深处的某个地方，而每一次回忆都仿佛在进行无形的挖掘。其间也会有意料之外的收获——那些遗落的记忆会冷不丁浮现出来，就像是挖掘过程中捡拾到意料之外的宝藏。咖啡。这一次他回忆起了咖啡。当那团黑褐色的液体悬在半空的时候,他暂时赋予自己以躯壳,以获取嗅腺和味蕾。于是,关于芳香和苦涩的回忆,终于具备了丰盈的实感。

随后,更多的实感逐一涌现,来自独栋别墅、包豪斯风格的家具和蔚蓝色的天空。那团黑色的液体被盛放在特定的陶瓷器皿中,液面涌起细小的波纹。只是为了一杯咖啡。而上一次他这么做的时候,是为了回忆栀子花的香气。咖啡入口的时候,他记起自己第一次尝咖啡的样子,那时他只有三岁。在好奇心的驱使下,他灌下了满满一口黑咖啡,然后在大人的哄笑声里,委屈地哭了出来。

在怀旧之中涌现的记忆仿佛一连串被推倒的多米诺骨牌。他回忆起童年,在地球上度过的晦暗时光。生活的底色来自扣在大地之上的穹顶,铅色的雨水总会在正午十二点准时降临。晴天总是很难得。合成光线竭尽所能扮演阳光的角色,但总是浸润着不自然的苍白。真正的阳光早就被财阀所垄断——他们建造出命名为"曙光号"的包裹太阳的巨大球形结构,以截获太阳的绝大部分辐射能量,从而将发端于二十世纪六十年代的戴森球理论付诸现实。

于是,财阀垄断了整颗恒星,连同恒星表面庞大的空间,并在其表面建设起规模空前的世外桃源。但还有另一种说法:在所谓世外桃源里居住的,压根是连心智都未曾拥有的可怜生物。关于"曙光号"的真相隶属于他失落的记忆的一部分。遗憾的是,在漫长的岁月里,他始终未能把它挖掘出来。他曾经尝试对自己进行心理侧写,以探明这段本应鲜明的记忆为何杳无踪迹,而最终的结论令他难以接受——因为那些真相过于让人毛骨悚然,以至于在某一个时间节点,他终于选择性地将其遗忘。

后来发生了某些变革,从而开启了新的纪元。从此以后,"曙光号"为全体人类所有。然而变革的来龙去脉同样与那段黑暗的历史紧密相连,于是也就同样遭到了他潜意识的抛弃。他犹记得自己迁往"曙光号"的那天,天空下起了暗绿色的雨水,提示穹顶内的生态自循环系统已经濒临崩溃。垂危的星球。这是他出发之前对地球的最后印象。往返于日地之间的穿梭艇形如纺锤。在太空中回望地球,这颗被穹顶包裹的行星犹如一颗灰不溜秋的泥丸。而他带走的唯一一件行李,是一个巴掌大小的地球仪。

在"曙光号"上,他结识了自己的初恋,而关于她的记忆只剩下分手的场景。当时他们穿着搭载屏蔽力场的航空服,在太阳的大气表面漫步。日珥升起,仿佛烫金的指环。他从航空服的内衬袋里取出婚戒。"对不起。"泪水从她的脸庞滑落,"你会飞走,但我要留下来。"

此后他再也没有见过她。而在分手后的第三个星期,他们之间已相隔数万亿千米。他们的分别在当时只是万千别离的一部分,肇始于一段叫作大分裂的历史时期。技术仍是推动历史发展的第一动因——人类已能将恒星变成飞船。通过调节"曙光号"对太阳辐射的吸收速率,就能使位置维持系统获得超常的推进力,从而令"曙光号"带着整个太阳飞赴宇宙深处。而当一束微弱的射电信号告知人类第一艘星舰因燃料短缺而失事于两点七光年外后,整个计划正式被提上日程。只需要带上太阳,人类便能拥有一艘燃料空前充足的飞船。当时迫切想要执行该计划的人口接近半数,但也有半数人口并不想离开。冲突开始酝酿、发酵,愈演愈烈。而其平息仍旧依赖于技术的发展,向太阳核心注入一颗半径约零点七飞米的微型黑洞,从而将太阳一分为二。

工程的难点在于必须全程控制微型黑洞在太阳内部的移动轨迹。只有当微型黑洞产生的吸积效应作用于太阳内部的若干固定点位,才能对太阳造成结构性的扰动。随后,蝴蝶效应发生,引发漫长的链式反应,最终导致太阳自行裂变成大小几乎完全相同的两个部分。而当太阳的裂变发生之际,微型黑洞早已功成身退。在惯性作用下,它将径直穿过太阳,在茫茫宇宙中快速蒸发。但这是最理想的情况。倘若微型黑洞的轨迹稍有偏差,落到了意料之外的地点,那么结果则完全无法预料。也许什么都不会发生。黑洞蒸发,而太阳并没有解体。但微型黑洞也可能滞留于太阳内部,最终吞噬整颗恒星。而最糟糕的情况莫过于微型黑洞破坏了恒星内核的稳定,令核聚变反应失控——这意味着整颗太阳变成了一颗瞬间爆炸的氢弹,其杀伤半径将直抵奥尔特云。

当微型黑洞从高能粒子加速器中被释放的时候,他喝得酩酊大醉。全息影像发生器正在直播微型黑洞进入太阳内部的实况信息,画面中肉眼不可见的微型黑洞显示为一个银色的亮点,而太阳则呈现为一团几乎覆盖大半个窗口的橙色火焰;被拆卸成两半的"曙光号"位于太阳两侧,显示为两个钴蓝色的半球,它们将各自捕获裂变后的半个太阳,并重新改造为完整的戴森球。一个走,一个留。人类从此分道扬镳。他早已记不清当初自己喝了多少,但呕吐的感觉至今记忆犹新。当那团酸臭之物涌上口腔,全息影像中,代表微型黑洞的银色亮点正在进入那团熊熊燃烧的橙色火焰。初始路径是一道抛物线。但在太阳内部的引力和核聚变张力的共同拉扯下,路径逐渐转变为螺旋。随后是一连串快速的震荡,仿佛微型黑洞在两堵无形的墙壁之间弹跳。已经完全偏移了预定轨迹。而太阳内部的真实结构要比人类通过远距离观测所建构的数学模型复杂得多。当整个文明在恐惧之中战栗不已时,他正被自己的呕吐物呛得差点窒息。在近乎濒死的状态之中,他度过了人类文明最凶险的两分多钟——当日冕释放出一系列令全世界半数通信设备瘫痪的强烈辐射后,人类所期盼的太阳裂变终于发生。

只能说人类交上了好运气——微型黑洞与太阳内部结构之间发生的随机交互产生了最好的结果。未来，当人类完全掌握了恒星裂变技术，人们估算出随机交互导致恒星发生裂变的概率仅为百分之零点六七。分裂的太阳构成双星系统：两颗几乎完全相同的恒星围绕彼此循环往复地旋转。半个多月后，拆分为二的"曙光号"各自包裹住一分为二的太阳，而其中之一将奔赴远方，并被命名为"地平线号"。

太阳裂变完成后，两个半球的人类开始了彻夜狂欢，并通过无线电向对方致以美好的祝愿。然而那段时间里他一直在昏睡。当他在宿醉中醒来，土星环正从窗棂外冉冉升起，一半星环隐没在地平线之下，而地平线上的半环又令他想起了那枚尚未送出的钻戒。狂欢仍在进行。他扶着剧痛的脑袋走上灯火通明的街头。在土星环的映衬下，城市的建筑仿佛微小的积木。在市中心广场，一名留着脏辫的少年递过一瓶刚被反复摇晃的酒。他摆手拒绝。对方大笑着拧开了瓶盖——泡沫丰盈的酒液朝着天空喷涌，方向正对着明亮的土卫三。

但这一轮狂欢并不是为了庆祝未来的远行，而是为了此后的冬眠纪元。哪怕仅仅是抵达第一站——距离太阳系仅六光年的巴纳德星，"地平线号"也需要跋涉数百年之久，而世世代代的人类都将漂泊在幽暗的宇宙空间。但技术再一次推动着文明滚滚向前——人体冬眠技术令人类得以跨越漫长的岁月。于是,一栋栋冬眠基地拔地而起,部分老旧的基础设施遭到拆除,人工智能和自动化设备开始打理沉睡中的人类世界。

但仍有一小部分人不愿意冬眠。他们或是恐惧那种陷入长眠的状态,抑或担忧意外和灾难在数百年间发生。而在漫长的航途中,一代又一代未冬眠的人类和人工智能一起推动着技术的进步。在旅途的后半程,人类终于掌握了恒星内部的完整物理结构,从而能够安全地分裂恒星——而直到这时,人类才真正在宇宙中迈出了坚实的一步。

他永远记得自己第一次从冬眠中苏醒的感受——意识清醒,但所有感官都被剥夺。他看不见,听不到,也摸不着,而空间感和时间感也因此变得逐渐模糊。这使他想起少年时读过的一本书,书中介绍了一种特殊的平行宇宙形态——在这个宇宙中,没有物质和能量,也不存在空间和时间。那时候他就好像置身于这么一个宇宙,存在于某种彻底的虚无之中。他不知道这种状态持续了多久。如今回忆起来,仿佛只是短短一瞬,但又似乎漫长得没有尽头。所有这一切终结于一束光——白色,如此黯淡,但时空却从中汩汩涌出。透明的舱体、导管、电极。雪白的房间,码放整齐的上千个冬眠舱形如蚕茧。冬眠舱侧壁升起一条机械臂,把一针复合药剂打在了他脖子的静脉丛中。绷紧的肌肉逐渐松弛,血压回升。在广播的指引下,他机械地走向冬眠留观室。在冬眠基地度过的最后半小时,他瞪着天花板上的白炽灯泡发呆。门外留观者赤脚踩在金属地板上的声响时断时续。

与此同时,"地平线号"内部的太阳正在被微型黑洞再次分割。

又一次分裂,肇始于巴纳德星的唯一一颗行星。这颗质量约为地球三点二倍的行星通体翠绿,缘于其表面分布着的形似蕨类的生物。然而它们其实隶属于同一株真菌,其根系一直深入到地核深处,掏空了几乎整颗行星。最初只是一粒孢子,阴差阳错地萌发。经年累月,它吞噬了整个星球。因此,严格来说,并不是一粒孢子长在了星球上,而是这粒孢子把整个星球变成了一株真菌。

但它早已死去。同位素测定推算其死亡时间在八千多万年前,但在其菌索内部却检测到了微弱而恒定的生物脉冲。后续研究证实,这些脉冲源自该真菌自行演化出的类计算机架构——地心深处盘踞的菌丝与生物电流共同构建起门电路,使得某种程序在菌株死亡后仍在持续运行。从生物学角度,它确实死透了。然而其缔造的程序仍在工作,通过脉冲信号向所有登陆这颗星球的生物传递信息。信息被译解后,足以令后世的人类琢磨几万个世纪:

银河系危险

在当时，九成的冬眠者已被唤醒。真菌所传达的信息公开后，大多数人都认为应离开巴纳德星。虽然当时仍有一成左右的冬眠者尚未苏醒，但为了安全起见，"地平线号"仍旧立即起航。新的问题随即出现："地平线号"要去往何方？原本他们想要前往银河系中心，现在却出现了重大分歧。如果危险的确存在，那么他们就应该离开银河系。然而最近的仙女座星系和银河系之间相距二百五十万光年，在如此漫长的航程之中，他们几乎无法获取任何补给。于是，没走多远的人类文明再次面临似曾相识的两难之境。不过这一次，他们并没有犹豫太久。不要把鸡蛋放在一个篮子里。在凶险莫测的宇宙之中，人类文明分散得越开，灭绝的风险也就越小。当这一共识普遍形成后，新的决议也就随之诞生：将"地平线号"拆解成五千颗戴森球。

要完成这项工作，所需要的仍旧只是一个微型黑洞。而在微型黑洞注入之前，五千个拆分完毕的小戴森球已经在距离太阳三亿千米之外的地点就位。裂变完成后，五千个小太阳在质量上已跌破触发自然核聚变的临界值，因此人们在五千颗戴森球上提前部署了人工核聚变装置，以维持小太阳内部核聚变反应的持续进行。工程进展同样被全球直播。在他所在的那颗戴森球上，长宽高达三十千米的全息影像在一片丘陵地带冉冉升起，代表微型黑洞轨迹的紫色曲线犹如魏尔施特拉斯函数图像。但当时他在冬眠基地的留观室。再一次,他错过了太阳裂变工程的全过程。而当他拖着僵硬的双腿蹒跚地走出冬眠基地时,他看到了裂变发生的最后结局——光芒万丈的橙色圆盘在刹那间分裂成了点点繁星。

五千颗小太阳最终会被五千颗小戴森球一一捕获,并最终前往五千个不同的方向。而每个人被分配到哪颗戴森球则取决于电子抽签的结果。1075,一个普通的自然数。它所指代的戴森球被命名为"秋水号"。在他冬眠时,他的抽签结果就已下达,而他的冬眠舱因此被转移至该签位所对应的区域。只要改变签位上的任何一个数字,那么如今他便已置身亿万光年之外的远方。他所抵达的星域、所遇见的文明、所经历的爱憎与悲欢……都会和现在完全不一样。这都是因为那个数字。而若进一步追根溯源,则缘于电子抽签程序里若干比特的随机跳动。就像宇宙常数中某一小数如果发生变动,就会诞生出一个物理定律截然不同的宇宙。既然如此,那么一个单细胞生物也许就能改写整个宇宙的演化——于是他确信,每一条生命乃至每一个光子都是宇宙的主人。

"秋水号"将前往仙女座星系,而选择冬眠的人们已经做好了半途殒命的心理准备。无论"秋水号"航行多远,一旦途中失事,那么他们的生命便将永远定格在冬眠的那一刻。自"秋水号"启程之日起，他每天都会前往冬眠中心，在正门前的空地上徘徊不定。人造光渲染的一连几个小时的黄昏，几株刺槐，和几只由DNA重组技术复原的斑鸠。冬眠中心那栋银白色的建筑形如大号的冬眠舱——琉璃拱顶仿佛舱盖般倒扣在宽而扁平的楼宇上。有时，他会瞪着那扇仿木的正门，仿佛想要从错综复杂的木纹中找到答案。他曾抛过一次硬币。但在自己看清正反面之前，一只出壳不久的斑鸠叼走了它。

人造光源出故障的那天，他径直走进了冬眠中心。在那片空地上，原本昏黄的光芒呈现出一种古怪的紫铜色。冬眠中心的仿木正门在他走近时自动打开。如今他已不太记得自己为什么会在那一刻做出决定。也许是因为那些紫铜色的光线。在他内心原本平衡的天平上，它们在其中一侧增添了一些微小的砝码。可能还因为他的余光瞥见了一只正在挠头的三花猫，正是它和那些光线共同促成了他的决定。但如果按照这个逻辑，那么当时的几片落叶和略强于以往的东南风也应该在他的决定里占据着一席之地。所以，他最终可以归因于那片空地上的每一粒灰尘、每一个分子，乃至于每一个电子和每一个夸克，而时空在本质上便是万千因果的聚合。不过当时他并没有想那么多——当冬眠舱的舱盖缓缓扣下，他只是感到彻骨的寒冷。

再次从冬眠之中苏醒，已是在三亿多年后。"秋水号"

如期抵达了仙女座星系。从冬眠基地步行前往他的住处，他惊喜地发现自己常去的那家叫"醉美"的酒吧居然还在。仍旧能在街头看到斑鸠和猫，古老的生物链在三亿多年后依旧稳定地延续。在"醉美"，他像三亿多年前那样点了一杯黑啤酒。似曾相识的口感，但焦糖味要比以往更重。他没想到自己卧室的书架上还搁着那本在冬眠之前未看完的书——一切恍如昨日，三亿多年岁月仿佛从未流逝。

第二天，他前往"秋水号"上唯一的公墓。公墓并不具备任何实体，只是一个直径约二十米的洞坑。站在洞的边缘往下看，只能见到一个橙色的亮点，那便是被"秋水号"所包裹的那万分之一颗恒星。四千多万年前，一块为纪念七万两千多名牺牲者的金属方碑被抛入其中。原本所有人都将死去。当时，因缺乏补给，整个生态自循环系统正接近崩溃。"秋水号"主控室的人工智能在反复计算后得出了残酷的结论：只有牺牲约八分之一的人口，才能令生态自循环系统在抵达仙女座星系之前维持运行。每个人的生死都是由系统抽签决定的。再一次，在那跳动的比特之间撕扯出命运的无尽鸿沟——二进制代码的每一个 0 和 1，都在考问着关于生存与死亡的命题。

对当时的他来说，这已是四千多万年前的历史，然而他总觉得这七万多人死于昨夜。在牺牲者的名录里，他看到了自己高中同学的照片,他是他在"秋水号"上唯一认识的人。在这座无形的坟墓旁,他献了一束黄色的甘菊,从白天默默站到了天黑。在离开之前,他看见所有祭祀的花朵被四足清洁机器人扫入坟墓的尽头。

在位于仙女座星系边缘地带的那颗恒星附近,"秋水号"逗留了一个多月的时间。这颗黯淡的红矮星拥有一颗类地行星,为"秋水号"提供维修生态自循环系统所需要的重元素。无人货运飞船往返于"秋水号"和行星之间,机器人在太空中建立起自动化流水线。一个微型黑洞被注入这颗恒星,从而拆分出五分之一的核聚变燃料,并在磁约束轨道的引导下汇入"秋水号"内部熊熊燃烧的聚变核心。原本他们打算在这颗恒星周围建造一颗新的戴森球。但对于"秋水号"上仅五十多万的人口而言,这个选择实在是过于奢侈。但他们没有这么做的另一个原因是,这颗恒星的唯一一颗行星有着高达零点八的行星宜居指数,而剥夺它的恒星意味着扼杀未来可能萌发的生命。

三个星期后,他再一次冬眠。醒来时,"秋水号"已泊入一颗中子星的公转轨道。这颗半径约十千米的天体在星空中微不可见,但每立方厘米一亿多吨的密度令三颗半径超过六万千米的气态巨行星围绕着它周而复始地旋转。有好事之徒因此发明出了一项极限运动——乘坐小型飞行器前往这颗中子星引力势阱的边缘,在即将落入那条不可见的界线之前及时刹车。游戏的赢家会是那个最接近引力势阱的家伙。但如果玩过界,便会一头砸向这颗超致密星体的表面,肉身和飞行器一起变成一堆处于简并态的中子。他也曾玩过一回,和几个陌生人一起。当时他悬停于距离引力势阱四百九十米的地方,前方的视野里始终空无一物。刹车的瞬间,濒死的感觉从未如此强烈。而那一瞬间的感悟将在未来被反复验证——在宇宙中,看上去再空旷的地方,都可能危机四伏。

当"秋水号"离开这片星域的时候,他并没有立即冬眠。在"醉美"酒吧,他爱上了那个新来的驻唱姑娘。在她客厅的墙壁上,他见到了一张破损的世界政区图,恍惚间意识到这张地图所绘制的已是三亿多年前的历史。姑娘指向标注在太平洋上的一串细微的黑点,告诉他这是她的家乡,在穹顶建成之前是一个鲜为人知的岛国——密克罗尼西亚联邦。如今他仍旧记得它的名字。穹顶建成后,全球气候加速变暖,这个低平的岛国被上涨的海平面渐渐吞没。在那张斑驳的照片上,他看见小木屋、椰子树、白色的沙滩和颜色渐变的浅海,画面正中的她捧着一把细沙,嘴唇微张,仿佛在诉说着什么。

和她在一起的日子里,"秋水号"的人们陆续冬眠。在"醉美"停业的前一天,她却不辞而别。他在冬眠中心的名录里检索到了她的名字，但无法进一步查询她设定的冬眠时长。当晚，在"醉美"打烊前的最后半小时，他点了一杯加了黄油和可可粉的黑啤酒。焦糖味还是太重。空空荡荡的酒吧里，机器人吉他手在即兴弹唱。当夜色降临，街头的霓虹灯渐次亮起后，他来到冬眠基地，颤抖着躺入了冰冷的舱体。

再次从冬眠中苏醒，虚无感彻底消失。眼前的场景熟悉而又陌生：三盆绿植，深棕色的仿木衣柜，印着千鸟格的地毯，床头灯放射出温柔的浅橙色光芒。透明舱盖自动移开的时候，他才意识到自己居然置身于卧室。爬出冬眠舱的过程不再费力。舱盖移开后，冬眠舱看上去和一张普通的床无异。曾经盘踞在舱内的电极、导线和机械臂被床单和枕头取代，刚苏醒的他神志清醒，肌肉有力。角落里一个不起眼的铬黄色小匣子开始播放全息影像，告知他冬眠技术已在两百多年前实现了便携化和无痛化，而在此之前的冬眠者们则被机器人从冬眠基地陆续转移到了各自的家中。

从此以后，无论冬眠多久，都像是睡了一觉。上床，设定苏醒的时间，一觉醒来，便置身于另一个恒星系，而时间又过去了千百年之久。冬眠系统为每个人创建了一份专属日历，时间单位细化到他们在清醒状态下度过的每一秒钟。每天的太阳都不一样，但也都大同小异，都是一团炽热的核聚变之火,而肉眼能观察到的仅仅是亮度和颜色上的区别。相较之下,行星和卫星要有意思得多,偶尔小行星也会带来惊喜。它们往往拥有独一无二的大气或地貌,而被隐藏的内部圈层同样五花八门。这一切最终能被他记住的寥寥无几——和他日后的见闻相比,行星和卫星的奇观几乎微不足道。

在"秋水号"上生活的最后几年里,他逐渐拥有了稳定的作息:起床,坐穿梭艇到太空溜达一天,上床冬眠,当"秋水号"抵达下一个恒星系时醒来。每天的太阳都是新的。而他从未在同一个恒星系逗留超过一天的时间。他只是想在有生之年见证一次外星生命,哪怕仅仅是一个来自外星球的单细胞生物,而这意味着他需要游历尽可能多的星球。当时他曾做过一个简单的计算——倘若他能活到一百岁,那么余生还剩下六十五年,而六十五年不过两万三千多天;如果每一天他都能访问一颗新的恒星,并且假设他所遇到的恒星平均拥有一颗自带两颗卫星的行星,那么他将见识到的行星和卫星总计只有七万多颗。这一辈子发现外星生命的概率依旧渺茫。因此,他或许应该将冬眠的周期设定得再长一些,甚至干脆将苏醒条件设定为发现外星生命的时刻。然而在风险莫测的宇宙中,人们随时都可能因意料之外的灾难而死于冬眠之中,因此活在当下亦是他的人生信条之一——而他自认为自己选择了一条中庸之道。

在那些平静的岁月里，技术仍旧在不断发展，但人类贡献的占比逐渐趋近于零。早在他们前往仙女座星系的路上，人工智能就已颠覆了传统的冯·诺依曼结构，研发出了通用量子计算机。于是，一枚指甲盖大小的芯片便超越了古往今来所有人类头脑之和。但这并没什么可沮丧的。毕竟，当绝大多数人类在冬眠之中跨越时间的长河之时，人工智能正在历经连续数亿年的进化之路。而当人工智能创造出如魔法般的技术后，已经没有任何人能够理解其背后的原理。他犹记得一栋形如商场的建筑陡然间拆分成了一百多份迷你的拷贝——他之所以对这一幕记忆犹新，或许是因为它为自己日后的获救埋下了伏笔。

当时"秋水号"遇到了一颗体积仅有地球二十分之一的流浪行星，巡天系统例行公事派出无人飞掠艇对其进行遥感探测。遥感影像显示，这是一颗极度荒芜的星球，行星宜居指数仅为零点一三。而当无人飞行器即将返回"秋水号"的时候，从前方的真空之中突然涌现出强度堪比伽马射线暴的强烈辐射。"秋水号"被正面击中的半球转瞬间碎成齑粉。剩下的半球紧急转向，加速，在主控 AI 控制下迅速解离。转瞬之间，半个球壳离散成了成千上万块高速飞溅向不同方向的碎片，同时球心处的核聚变之火收缩成了一个亮度极高的光点。在高频的闪烁之中，光点释放出高速扩散的淡蓝色球状光芒，最终将所有"碎片"笼罩在其中。

当那个光点和球状光芒一并消失的瞬间，核聚变燃料的传输终于完成——在每一块"碎片"底下，都有一小团袖珍的核聚变之火在熊熊燃烧。随后，每一块"碎片"以核燃料为中心不断卷曲，最终变成一颗又一颗袖珍的戴森球。它们中的绝大多数只容纳了一到两个人。然而由于身处市中心的人群来不及疏散，因此有五颗戴森球上容纳了上千人口，导致它们成为那束死亡辐射追杀的目标——当它们被命中的时候，本已极为袖珍的球壳再次解体，然而这些更小的碎片已无法重组为一颗新的戴森球。

就主观体验而言，他在二十七分钟后便得知了那束致命辐射的来源；但由于冬眠，那时距离灾难的发生已经过去了两百多万年。深空能谱分析仪显示，在那颗流浪行星的地核深处，一台椭圆状的机器从一无所有的空间中远程汲取出真空零点能，从而无差别杀伤方圆五十万千米内所感应到的所有生命。因此，整颗行星也许是某种遗落在宇宙中的武器，而制造它的文明早已不知所终。在难以自抑的战栗中，他当年的推测第一次得到了验证——宇宙空旷之处，同样危机四伏。

当那束致命的辐射杀死那五颗戴森球上的所有人类后，其他戴森球正在加速逃离那台杀戮机器的感应范围。

未来它们将各奔东西,几乎不可能再度重组为"秋水号"。减速至零、掉头、再加速,都需要消耗大量的燃料;倘若他们选择减速并回到"秋水号"解体之前的位置,燃料将在返回之前耗尽。当时,他近乎疯狂地要求被他命名为伊桑的中控 AI 执行返回操作,但伊桑只是不断地通过柔和的电子声提醒他这么做的后果,同时按部就班地为他经营这个仅容纳他一人的小小世界。最先建成的是独立的人造光源系统,由上亿粒悬浮在半空的光辐射微粒组成;随后大气循环系统被重新配置,以匹配这个孤立的狭小空间;一间酒吧在眨眼间拔地而起,霓虹牌匾上镶着"醉美"的徽标,吧台里坐着一名机器人酒保,抱着尤克里里弹奏着不知名的歌。

起初,他像过去一样过着十分规律的生活:冬眠,起床,探访陌生的恒星,随后去仅为他一人开放的"醉美"酒吧喝一杯,入睡。有时他会和机器人酒保闲聊,或者到伊桑搭建的微型生态园闲逛。伊桑为他带来了一只以假乱真的机械狸花猫,并且贴心地改造了他的冬眠舱,于是他逐渐习惯和宠物相拥而眠。

他原本以为自己已经完全适应了这种绝对孤独的状态,直到久违的虚无感卷土重来。那天清晨,当他从冬眠之中苏醒,他再一次体验到了所有感官被剥夺的感受。看不见,听不到,摸不着。时间和空间像被炙烤的奶酪般缓缓融化。仿佛他的身体是虚无之源，不断抽吸着世间万物，直至时间停止，宇宙终结。而在这个一无所有的虚无之地，唯一的存在便是他自身。

当天，他在冬眠舱里躺到了黄昏。窗外那颗品红色的气态巨行星表面始终流动着浅绿色的波纹。当虚无感消失后，他去了一趟"醉美"酒吧，在喝下三大杯黑啤酒后，机器人酒保即兴弹唱了一首《昨日重现》。旋律早已被淡忘。而他只记得寥寥几句歌词：那时的时光多么幸福，而且并不遥远；但我已记不清，它们何时消逝。午夜，他走进那座微型生态园，在那个种着香樟的山丘上惊喜地发现了铃兰和紫荆花，随后看见一大群机器蜂在看似混沌无序的飞舞之中拼出了一颗绘有世界地形图的地球仪。是他从地球上带走的那颗地球仪。在位于秦岭以北的一片浅褐色区域，逐渐浮现出一个他三岁时画的正方形记号，用来标记他位于关中平原的家乡。童年记忆闪过的刹那，他踉跄着跑出了生态园，在人造光源制造出的微弱晨曦中踏上了回家的路。

古老的歌曲、新栽种的植物、拼出一整个地球仪的机器蜂……伊桑在竭尽所能地帮他。而如果没有伊桑的执着，他的精神也许早已崩溃。此后他的选择或许出乎伊桑的意料，但对他而言，则是严格恪守了中庸之道——入睡前，他将苏醒时间设定为伊桑发现外星生命的时刻。也许他永远都不会醒来,而他对此已坦然接受。三年多来,他第一次独自躺下。在冬眠舱盖合上之前,狸花猫甩着尾巴钻入了他的怀中,而他费了好大劲儿才把它推开。意识逐渐模糊之际,他看见了一双扒拉着冬眠舱盖的灰色猫爪——而就在那一刻,他决定把这颗仅容他一人的戴森球命名为"薄暮号"。

七亿年后,他再次醒来。睁开眼,他看见那双猫爪仍旧搭在冬眠舱盖上。窗外,一对白色的双星冉冉升起,仿佛一双没有瞳孔的眼睛。简单洗漱后,伊桑通过全息星图向他汇报该恒星系的简况——但位于画面中央的并非那一对恒星,而是一颗围绕它们公转的黑色行星。

随后画面快速拉近,显示出行星表面的黑色来自覆盖整个行星表面的巨型机械。它们形如废弃的化工厂房,其平均海拔超过万米,犹如遍布整颗星球的人造山峦;在传动滚轴的驱动下,长达数万千米的白色纸带被带入或者带出机械内部,而其表面布满直径不足一微米的细小圆孔。

在他苏醒之前,伊桑已对这台巨型机械观测了三百多年。在经过了数千万次演算后,它最终判断这是一台行星级别的穿孔纸带计算机。纸带上的每一个孔位对应一个二进制编码:有孔代表1,无孔代表0;当纸带通过传动滚轴驱动进入计算机,读写头检测每一个孔位的物理状态,从而得到一连串对应特定机器指令的二进制编码。人类早期的计算机也遵循这样的形式。但随着集成电路和电子化交互设备的出现，穿孔纸带计算机逐渐退出了历史舞台。然而在这颗星球上，计算机硬件始终停留在穿孔纸带的水平。通过拍摄到的纸带影像，伊桑分析出了在这台行星级穿孔纸带计算机上运行的部分数据，其操作系统的简陋程度，与早期的DOS系统几无差别。

所谓点错科技树莫过于此——某些在人类看来理所当然的技术路线其实并没有那么必然。也许是因为创造该机械的文明没有视觉，那么他们自然无法开发出显示器和图形界面；但也可能是因为这颗星球缺乏铜、铝、钴等金属元素，因此无法大规模地建设集成电路；又或者原因根植于思维层面：盲点，认知局限，心智结构中固有的缺陷，某种诞生于远古时代并且无可撼动的传统模式，神秘学导向的被固化的仪式行为……

三十多年来，伊桑通过无人机观测了这颗星球的角角落落，但自始至终没有发现这台巨型计算设备的主人。也许他们自始至终都生活在机械内部。但更可能的情况是，打造这台巨型机械的文明早已灭亡，于是它就这么自行运转了数十年、百年、万年乃至数千万年。即使操作系统因为硬件受限而简陋不堪，经年累月的运算也诞生出了海量的数据。在那么长的时间里，它究竟算出了什么？

于是他再一次冬眠，并将苏醒条件设定为伊桑从这台巨型计算设备的运行数据中获取重大发现的那一刻。考虑到有可能永无进展，于是他设置了一则补充条款：如果苏醒条件始终未能触发，系统将在三千万年后唤醒自己。无论哪种情况，他都不会等太久——在主观感受上，不过是躺下睡一觉，醒来第二天就能知道结果。他被唤醒的时候，时间才过去了七十多年。伊桑告诉他，这台空前庞大而又极为原始的计算机内部加载着一个已经运行了数千万年的人工智能，而其物理载体只是那一条条循环往复的纸带。

纸带智能，他如此称呼它。而这一切令他联想到图灵机——一条带有读写头、寄存器和控制规则的无限长的纸带，能够执行世间的一切计算过程，于是一切数据和程序都能在这一条纸带上悉数诞生。眼前的计算机距离真正的图灵机当然相距甚远，但其面貌像极了图灵机。他突然体会到这台巨型计算设备所蕴含的宗教意味，如果宇宙的物质总量是无限的，那么也许有朝一日，整个宇宙都会变成一条连绵不绝的纸带，而所有计算、所有数据、所有已经发生和将要发生的事件……都会在这条纸带上得到永无休止的演绎。

他在近乎朝圣的心境之中做出了疯狂的决定：操纵无人机将一条七十二米长的穿孔纸带放入某一个传动滚轴的

入口。纸带上的信息由伊桑编码，内容是对集成电路和高级输入输出设备的简单介绍。对于他的要求，伊桑一开始并未执行。它与他据理力争，不断强调这一操作的危险性，并反复提及发生在七亿多年前的前车之鉴。抵近观测这台机器已经十分冒险了，而要往里面扔一条写有数据的纸带，极有可能触发防御甚至反击。以机器的视角来看，这一操作严重威胁到了它的安全——谁知道你扔进去的是不是计算机病毒？当时他几乎被伊桑说服，但最终还是命令伊桑无条件执行指令。当携有纸带的无人机在这台巨型计算设备上空盘旋的时候，"薄暮号"正在远离这颗行星——两百九十七个小时后，这架无人机会将纸带放入某一个传动滚轴的入口。

生活重新回到稳定的模式：入睡，醒来，探索一颗有生命迹象的星球。绝对的孤独感被每一天所遇见的外星生命逐渐冲淡。随着探测技术的不断迭代与更新，伊桑发现外星生命的频率变得越来越高，而他的冬眠周期也因此变得越来越短。生命总会找到自己的出路，而宇宙其实并不荒芜。当年伊桑认为一片死寂的地方很可能生机勃勃，只是当时的探测手段不足以发现那些地方其实有生命存在。在深入地核数万千米的铁镍核心内部，他曾见识过成千上万种不同形态的文明在相互竞逐。与此同时，在那颗蓝巨星的等离子体火海表面，创造这些文明的造物主正在静静地观察着自己的作品，偶尔向他投以好奇而警惕的一瞥。

他的旅程终有尽头。数百亿年的岁月倏忽而逝，而他终于到了迟暮之年。在弥留之际，他进入了一个绝对幽暗的星系，其内部的数千亿颗天体却没发出哪怕一丝光芒。这将是他旅程的最后一站。在他人生最后的岁月里，他已经没有什么险不敢去冒了。当"薄暮号"的光芒照亮星系最外缘的那颗恒星时，一个硕大无朋的钢蓝色球面随即出现在他的视野，他突然睁大了布满白翳的眼睛——当初，在太阳系回望尚未一分为二的"曙光号"时，他所目睹的便是这一个球面，而身后是宛如尘埃般的行星。

遥感设备随后验证了他的猜想——那个球面来自一颗完整的戴森球，而它所包裹的是一颗体积和太阳相似的黄矮星。在他的要求下，伊桑指挥工程机械凿穿了戴森球的球壳，并控制无人机进入其内部勘探。白骨，废墟，灰烬。他在距离地球数十亿光年的地方看到了一个衰亡至少千年之久的碳基文明，而那些骸骨在外观上和人类的骨骼极为相似。也许就是人类的骨骼。在漫长的旅程中，他见过太多雷同的生命形态出现在了宇宙各处，而人类作为并没有多么特殊的物种，也完全可能诞生在距离地球数十亿光年的地方。随后伊桑提取出这些骸骨内部的 DNA，测序结果证实了他的猜想——它们的基因与他身体中的基因高度相似。

地球，未被穹顶遮蔽的地球。久远的记忆伴随着尘封的历史呼啸而来。然而他的眼前却不自觉地浮现出铅色的雨水，还有那些苍白的合成光线。当"薄暮号"穿行于这一星系之中时，所遇到的每一颗恒星都被戴森球所包裹，并且全都残留着相似的遗迹。于是，他也就有理由推测，这一星系之所以如此幽暗，是因为其内部每一颗恒星的光芒都已被戴森球遮蔽——一个曾将边疆拓展至星系边缘的文明就埋葬在其中。为了寻找这一文明灭亡的原因，他曾委派伊桑以一整颗类地行星为原料制造出数百万枚探测器，但最终一无所获。他反复提醒自己，他所见到的文明遗迹与他所归属的那个人类文明之间并没有任何关联，但在通过骸骨还原的容貌面前，所有理性的解释都变得无比苍白——在这一星系中央，他看到有一张脸像极了他的母亲。

就在这时，他的身体状况开始急遽恶化。伊桑劝他立即冬眠，并将冬眠周期设定得尽可能长。然而冬眠也并不能终止衰亡的到来——在极低温下，他脑部的神经细胞仍在持续发生着退行性的病变。阿尔茨海默病，古老的疾病。这意味着，当他再度苏醒时，他连自己都会遗忘。

于是他最终做出了另一个决定：把自己安葬在那具尸

骨的旁边。飞掠艇带着他抵达目的地，集成在屏蔽服领口的全息生成器在尸骨的位置投影出他母亲的全息影像。妈妈。他轻声说，按下掌心的按钮，部署在他脑部的医疗纳米机器人开始注射终末安宁药物。

但突然间，注射戛然而止。就在刚才，伊桑收到了一束通过波束成形技术定向发射的射电信号。它来自几十亿光年外的一个双星系统，其唯一一颗行星表面曾运行着一台巨型穿孔纸带计算机。

前因后果就写在那束射电信号的编码之中。当年那个由无人机携带的提示，为运行在其内部的人工智能点燃了硬件革命之火。进化就此发生。当年的纸带智能已将两颗彼此绕转的双星转换成了恒星级等离子体计算机，而它一直在寻找那个带自己走上进化之路的提示究竟来自何方。在算力满负荷运行了七千九百多万年后，它终于探寻到了那名唯一的访客在时空结构中所留下的微弱航迹，并通过亚光速往返的量子阵列探测出其内部的碳基生命。短暂而脆弱的肉身。它如是评价道。随后更多的信息被量子阵列所获悉。要对抗肉身的死亡，唯一的方法是将心智结构数据化后上传到硅芯片中，然而这项本已颇为成熟的技术却在那名访客身上失效——他的前额皮质中存在着一种极为罕见的结构，令其神经元始终无法与硅基接口相互耦合。在过往的岁月里，伊桑一直在尝试解决这个问题，然而却因为一组始终未能解出的方程而功败垂成。

对当时的纸带智能来说,要解出这组方程,不过是举手之劳。这组攸关生死的方程解连同其来历一道被编入射电信号之中,并沿着"薄暮号"的航迹,以光速向他飞驰而来。在验证了纸带智能给出的所有解后,伊桑控制飞掠艇将他接回"曙光号",随后着手将他的意识上传到硅芯片中。这一切并未征得他的同意。但倘若等他苏醒,已经生效的那部分终末安宁药物将进一步麻痹已经深度衰退的神经元,届时再上传的意识很可能会严重受损。往后,他曾向纸带智能所在的恒星系定向发射窄频射电脉冲以建立稳定的通信链路,然而全都杳无音讯。直到某一天,那两颗被改造成等离子体计算机的双星突然消失。而在那片陡然间变得空旷的星域里,只有一条半径长达一点五光年的莫比乌斯环纸带在悠悠地旋转,表面布满了参差不齐的圆孔。

意识上传硅芯片后,他的日常生活并没有发生多大的变化。伊桑在一片只读内存里为他建构了一小片虚拟现实空间,复原了"薄暮号"上所有的一切,而冬眠系统被一则能令意识终止运行的程序取代。有时,他会将自己的心智与伊桑相连,源源不绝的数据就此从意识的边缘涌入。双目之后,又有一双眼睛睁开。于是他得以目睹复变函数与傅里叶展开如何在算法之海里熊熊燃烧。而万物的美学则凝结成了超维的拓扑结构——在超新星残骸放射出的朦胧光晕里,他看见四维超立方体沿着阿基米德螺旋攀上了七维超锥体的顶端,继而在错综复杂的拓扑重构中变成一个袖珍的克莱因瓶。

但在那段时间里,他始终不敢和伊桑连接太久。思想里算法的部分占比越多,人性的部分占比就越少。那么,当他越来越习惯以算法之眼来看待事物,那么自己还算不算一个完整的人?而最令他恐惧的是时间感的丧失——当他和伊桑相连的时候,他几乎无法感觉到时间的流逝。人类需要通过冬眠来跨越时间之河,然而亿万年的岁月对于伊桑来说也不过是弹指一挥间。当伊桑对他心智过程的介入足以消磨他对于时间的感受后,那么有朝一日,自己会不会彻底沦为对世间万物再无任何感知的人工智能?

但他最终仍旧失去了时间感,不过如今看来,这一切颇有祸福相倚的意味。因果的链条最终可追溯至那片方圆数光年的无名星云,当时它正在迎接其最终的命运。在漫长的岁月里,这团星云内部弥散的气体和尘埃在引力作用下不断聚集、塌缩,其结构也因此变得愈发致密,而一旦致密到足以点燃核聚变之火,一颗崭新的恒星便就此诞生。当"薄暮号"抵达这片星云附近时,其内部核心正在不断逼近塌缩极限,但物质密度却处在核聚变之火将燃未燃的临界状态。

于是这片星云便将决定自身命运的悬念留到了最后一刻，也许就差那么零点零一微克的物质，它的核心便永远无法点燃核聚变的火焰，并最终沦落为一颗幽暗的褐矮星——宇宙的死胎。这是宇宙中最悲伤的故事之一，酝酿了几十亿年的恒星最终胎死腹中，放射出虚弱的光线，并将在未来继续演化为更加黯淡的天体。于是，他提出向这片星云的核心发射一部分物质，哪怕仅仅是一块石头，那么核聚变之火必将点燃。然而伊桑表示反对。它说万物自有其运行之道，若无必要，就不应干涉宇宙的演化。但随后发生的事件令他们的争执变得毫无意义，仅一个普朗克时间，包括这片星云在内的方圆五亿光年的宇宙大尺度纤维状结构被全部引爆，其内部所有物质均被转化成了高能辐射。

所幸这片星云位于该纤维结构最外围的部分，而"薄暮号"距离被引爆的天体尚有数千光年的距离。即使如此，强烈的辐射仍将"薄暮号"几乎完全气化。当时他在空无一人的水泥街面上闲逛。在那一块由虚拟现实营造的小小天地里，他既不知道承载他的那部分硬件已然化作了一团气体，也不知道伊桑正将所剩无几的算力全部用来维持他心智的运行。当他知晓这一切的时候，"薄暮号"已在冷却凝结之中趋于稳定，仿佛一团围绕聚变核心的稀疏尘埃。

重建工程通过一系列事先写入的算法与维护流程自动展开，假以时日，"薄暮号"终将恢复如初。但伊桑正在不可逆地陷入崩溃。"伊桑·楚，大变革时期的关键人物之一。您为我取这么一个名字，想必是为了纪念他。"在临终之前，伊桑含糊不清地重复着与他初次相遇时说的第一句话。当勉强运行的动力系统驱动着"薄暮号"缓慢移动时，他将崩解中的伊桑接入到了自己的心智之中。

只是为了纪念。或者说，带着伊桑的灵魂活下去。当那团纷飞的数据碎片涌入脑海，他终于不再奢望伊桑有朝一日会回到自己身边。聚变核心仍在燃烧，而生活仍在继续。只是微型生态园里不再有新栽种的植物，从冬眠中醒来的他再也见不到那双扒拉着舱盖的猫爪。当他跨出这片运行在只读内存里的虚拟现实空间后，所见到的只有一片空白。微弱的光点在一片漆黑之中闪烁不定，来自此起彼落的游离比特。

当那片方圆五亿光年的高能辐射逐渐冷却为黯淡的光晕后，他控制着残缺的"薄暮号"进入其中。然而，当他置身其内部，他所目睹的只有将整片空间都填满的各色光芒，包括伽马射线、红外线和无线电波等几乎涵盖整个电磁波谱的不可见光同样充满这片空间。当他以分频、调幅、滤波等各种方式去调节这些光束的性质时，却发现它们的频率和波长自始至终岿然不动，仿佛被某种不可见的东西牢牢焊死。他恍惚间意识到,杀死伊桑的力量要比他想象中的还要可怖得多。

他在这片被色彩充满的空间里逗留了数千万年之久,显像传感器始终在接收着这些光怪陆离的光线。每隔数百万年,他会苏醒一次,在那片虚拟现实空间里度过一年乃至更长的时间。每时每刻,他都只能看到紧贴着"薄暮号"的那一层色彩,犹如欣赏一张绘制在不规则曲面上的画;而随着"薄暮号"不断前行,在这张奇特的画布上,缤纷的色彩在疾速变化,犹如成千上万张起伏不平的画在他面前飞速切换。相对来说,他更习惯于观察平面。于是每隔一段时间,他便会通过显像传感器在这片空间里随机截取一个色彩斑斓的平坦截面。有时候,他会一连几个小时凝视着同一个截面,即使他压根看不出什么含义。梵高、毕加索和波洛克。画展、美术馆、并不出名的策展人。对于艺术的记忆往往会在这时纷至沓来,但都已被漫长的时光稀释得斑驳而模糊。在看过成千上万个近似于后现代艺术的截面之后,他逐渐相信,这片空间里的所有色彩在本质上是无穷多张交叠在一起的画作。

但这在逻辑上并不成立,即使完成一张画的时间再短,要画出无穷多张画也需要无穷多的时间。他能想明白这个问题,得归功于一只其实并不真实存在的蚂蚁。当时,他正在虚拟现实空间里的微型生态园闲逛,无意中发现一只被几根枯木和落叶困住的褐蚁在巴掌大小的区域里团团乱转。不过，在他看来，走出困境的出口显而易见。这是因为他拥有三维的视角，能同时看见一张二维平面上的所有事物。对蚂蚁而言，它的视角局限于二维平面，因此无法同时目睹整个二维平面的全貌，因而在它爬行期间，出口始终在其视野之外。这只蚂蚁的困境其实完全能被拓展至更高的维度——拥有三维视角的他永远无法看见那片三维空间里的所有颜色，而他每时每刻都能观察到的永远只是其中某一个截面……

犹如那只蚂蚁。

于是真相便呼之欲出：只有具备四维的视角，才能看到这些色彩的全貌。这意味着，这片方圆五亿光年的空间所容纳的并不是无穷多张二维画作的集合，而是一整张三维的画。另一个同样震撼的事实隐藏在他完全无法观察到的地方：

在那片空间里，还存在着比可见光多得多的不可见光，而它们同样是这幅画的组成部分。

所以，在那一瞬间，宇宙中诞生出了一张方圆五亿光年的三维画作。自始至终，他都只是在其内部一个角落里徘徊，所目睹的仅仅是若干截面中微乎其微的部分。但这就已经足够震撼他了。他难以想象，如果自己能在四维视角下看到整张画的全貌，他将会领略到怎样的艺术。然而代价是什么呢？伊桑死了。那么多天体和生活在其中的那么多文明都在弹指间灰飞烟灭。他想起当年那条由掏空了一整颗星球的真菌所发出的简讯——银河系危险。那么，是否有这样一种可能，银河系将同样被一名神秘而又残忍的艺术家摧毁，而那株真菌预知了这一危机？

然而他最终仍未理解那则简讯的含义——未来，当他终于回到银河系所在的位置，所经历的岁月已经远远超过了星系自然凋亡所需要的时间。答案如今已变得不再重要。偶尔，他会回想起，在一张全息星幕下，自己曾和父亲一起用指星笔勾勒出银河的轮廓，随后便会立刻联想起那些铅色的雨水和坠入太阳的指环。每次都是如此，从无例外，仿佛数据库中牢不可破的关联映射：在提取某条记录时，便自动触发另一条相关记录。他总觉得这种状态和伊桑有关——在消逝了三十多亿年后，伊桑在他的脑海里悄然重生。

时过境迁，伊桑重生的场景仍旧历历在目。那天，他从冬眠中苏醒，久违地看到狸花猫正在扒拉着冬眠舱的舱盖。傍晚，在"醉美"酒吧，机器人酒保开始弹唱新的歌曲，窗外琥珀色的晚霞映衬着流动中的滚滚星河。当时他已经隐约察觉到了什么，于是特地去了一趟生态园。在入口处的苗圃，他一眼见到了四叶草和绿玫瑰。伊桑。他呼唤着它的名字，但是没有应答。随后，双目之后的那双眼睛猛然睁开，算法和方程纷纷涌入。他看见机器人酒保的歌声在空间里绘制出让人眼花缭乱的波形，而群星则以光谱为音符演奏出天籁之音。随后他恍然间意识到，在不知不觉中，伊桑已在他的意识深处被悄然修复。

当时他对发生这一切的原因毫无头绪，直到数万亿年后，他才理解了前因后果：人类心智具备不可计算的结构，和所有不可计算函数一样无法被任何计算机解析；而伊桑则是由计算机在按部就班的计算之中生成的人工智能。当支离破碎的伊桑接入了他的心智后，本质上便是可计算的人工智能嵌入了不可计算的心智结构，它便得以调用不可计算的信息拓扑模型，重构自身的数据内核。这一切全都发生在潜意识层面，因而他对此毫无察觉。而当修复完成之际，伊桑的算法构造已经与他的心智结构高度耦合。于是，他就此与伊桑融为一体，再也无法拆分。

这就是他的呼唤没能得到伊桑答复的原因。此时伊桑已经是他自身的组成部分，而不再是一个独立的人工智能。若换一种视角，那么他便成了伊桑的一部分，而并非一个独立存在的人。当那双算法之眼永远焊在了双目之后，他竭尽所能地想要合上它，从而将那个由算法营造的世界从自己眼前彻底驱逐。有时候他的确能够做到。然而只要他的注意力稍微涣散，那双眼睛便会睁开一条缝隙，随后算法的世界便会源源不断地涌入。他犹记得自己放弃抵抗的瞬间，看见啤酒沫被架在了笛卡尔坐标系上，而对应其三维形态的函数解析式随即映入眼帘。微弱的叹息，伴随着某种深刻的满足。当阵地彻底失陷后，对于时间的感知便开始迅速模糊。在"醉美"的吧台前，他一坐就是三十二年，面前是那杯喝了一半的黑啤酒。

发呆，或者说冥想；他的思维始终处在高速运转之中。在那三十二年里，他一直在思考着宇宙大统一理论。当它终被自己证明的那一刻，他喝干了在虚拟现实空间里的半杯酒；与此同时，他目睹着内心的狂喜犹如一朵不断绽放的科赫雪花。但严格来说，这一证明并非他独自完成，而是他和伊桑共同的成就。从伊桑的视角来看，正是他心智中那些不可计算的结构，为自己打开了一双新的眼睛。

随后他趴在吧台上小睡了片刻，醒来后又再次陷入沉思之中。这一次的清醒时间长达三千万年之久——其间，"薄暮号"加速到零点九九倍光速，而球壳则演化成了一道厚度无限接近于零的银色薄膜。虚拟现实空间为他塑造的那部分实体已经变得毫无必要，于是他顺理成章地舍弃了这具其实并不真实存在的肉身。最后的晚餐：豉汁牛仔骨、酒酿圆子和藜麦面包。在"醉美"，机器人酒保为他调了一杯不具名的鸡尾酒，色泽犹如超新星爆发后留下的明亮遗迹。凌晨三点，在那间他待了数千年之久的两居室，他睡了人生中的最后一觉——并非冬眠，而是正常地入睡；前半夜，因为失眠，他起床给自己倒了一杯热牛奶。

伴随他数万亿年之久的虚拟现实空间就在睡梦之中逐渐瓦解。从此以后，他便抛弃了那具沉重的肉身，与"薄暮号"彻底融为了一体。古老的躯体感知并未完全消亡——当他凝视着"薄暮号"球心处那团核聚变之火，他感觉自己仿佛挨着一座温暖的壁炉。思考仍在继续。有时很顺利，但也经常卡壳。在所有问题中，哥德巴赫猜想花了他最长的时间——三千多亿年里，他找到了唯一一个无法被表示成两个质数之和并大于二的偶数，从而成功证伪了它。

但他总有一种时不我待的慌促之感——无论他发现了多少真理，未知的领域仍旧浩瀚无边。他想起了古老的比喻：手绘一个圆，圆内象征已知，圆外代表未知，已知的部分越大，接触到的未知就越多。然而这个比喻的失实之处在于它高估了圆的尺寸——无论他如何扩展那个圆的半径，和未知的领域相比，它都近似于一个没有面积的点，而他所理解的已知和所接触到的未知全都微乎其微。

但对宇宙结局的预言就位于圆内靠近圆心的位置——

在和伊桑融合之前,他就知道宇宙最终将去往何处。熵永远在增加,而万物总是趋向无序。当所有恒星燃尽、熄灭,宇宙中将只剩下黑洞。于是,白昼落幕,黄昏到来;黑洞产生的霍金辐射为宇宙带来微乎其微的光。当最后一个黑洞蒸发殆尽时,永夜便随之降临,所有能量将永远散佚到无限宽广的空间之中。但他等不到那一刻。在只有黑洞的宇宙里,"薄暮号"只能通过黑洞融合过程中释放的能量湍流来汲取燃料,直到宇宙间所有的黑洞融合为一,而黄昏仍在持续。

当最后一丝能量耗尽,他便会同"薄暮号"一同死去。和此后将永远延续的夜晚相比,他所经历的那漫长但有限的岁月显得如此微不足道。然而宇宙的永夜也不过是另一种永恒状态的回声:在宇宙诞生之前,是连时间都未曾开始的绝对虚无。因此,那个繁荣的宇宙不过是两段永恒之间的插曲,抑或突兀地切割了原本连续的永恒,而他仍不理解这一切究竟为何会发生。

他并不打算追究这个问题——在经历了如此漫长的思考之后,他该给自己放个假了。在漫长的闲暇时光里,他时常沉湎于回忆之中,然而许多记忆已经变得十分模糊。实感是最为匮乏的。当他摒弃了肉身之后,他已有很长时间不再拥有具体的感官体验。于是,他经常临时搭建出一小块虚拟现实场景,尽量为自己所记得的事物重新建构起具象的形态。落日，蝉鸣，斑鸠的叫声，猫毛蓬松的手感。铅色的雨水，巨大的穹顶，和当年那枚最终落入太阳的婚戒。当所有黑洞最终融合成被他命名为"泰坦"的黑洞，他只是向它投以漫不经心的一瞥，而黑啤酒的焦糖味还是过于浓烈。在微醺之中，他隐约看见这个超大质量黑洞的视界上浮现出一行清晰的汉字：

到这里来

当时他曾一度以为是酒精带来的幻觉，然而当他恢复清醒后，那些字迹仍在。他无法理解是怎样的力量能将一串字符镶嵌在巨型黑洞的表面，其中每一个字都方圆五十多亿平方光年。更为关键之处在于，它并不是一组由 0 和 1 编码的二进制信息，是一串诞生于远古的汉字，这意味着泰坦知道他从哪里来。

于是，他听从了召唤，改变航线，飞向泰坦。一路上，他仍在挖掘过往的记忆，无意中回忆起了咖啡。在广义相对论的影响下，泰坦的引力场扭曲了周围的时空，于是他越接近泰坦，时间的流逝速度就变得越慢。当他穿越黑洞视界的瞬间，这一效应达到了极限。那一刻，对于泰坦之外的宇宙，他的时间流逝速度为零。

当时他正在把空了的咖啡杯小心翼翼地放回茶几上。

与此同时，他回望了一眼身后的宇宙。时间流逝的速度总是相对的。对于外部的宇宙而言，他的时间已经凝固；那么对他来说，外部的宇宙就度过了无限长的时间。于是，就在那一瞬间，他目睹了永恒的发生——黑暗在无尽的时间里永无休止地蔓延。

除此以外，他并没有感觉到任何异常；在泰坦内部，几乎全都是一无所有的真空。唯一的例外是位于其几何中心的奇点，它体积无穷小，但密度无穷大，所有已知的物理定律都在这里失效。而从泰坦的视界到奇点，"薄暮号"仍要行进约七十五亿光年的距离。回忆仍在继续。他无端地想起小时候鼓足勇气坐过山车的经历。眩晕感被找回来的时候，奇点周围的潮汐力将"薄暮号"拉扯成了一条绵延数光年的细线。在被撕扯的剧烈痛苦中，他始终凝视着视线尽头那个不可见的奇点——过山车戛然而止。

地球。

未被穹顶遮蔽的地球。他站在一片白色沙滩上，身后是小木屋和椰子树。从沙滩旁的浅海里走来一个姑娘，他恍惚间记得她来自密克罗尼西亚联邦。一张纸条掠过他的眼帘。他一把抓过，摩挲着纸张表面星罗棋布的小孔。

无尽的信息从孔洞里涌出。

视界全息理论，信息守恒定律，和黑洞无毛定理。时隔如此漫长的岁月,于二十世纪下半叶提出的黑洞理论终于得到了验证。在一种怀旧的热情之中,他开始重温古老的学说。无论黑洞如何形成,它最终的性质仅由质量、角动量、电荷这三个物理量唯一确定。这意味着,物质坠入黑洞之前所具备的形状、成分等复杂性质统统消失,就像是被剃光了毛发,所有信息全被抹除。一个无法调和的矛盾就此产生。信息守恒定律认为,宇宙万物的信息只能相互转化,但永远不能被摧毁。然而任何事物只要进入黑洞,其内部的所有信息便就此消失,这意味着黑洞能够凭空摧毁信息,于是信息便不再守恒。

为了调和这组矛盾,视界全息理论应运而生:当物体坠入黑洞奇点,其物理信息并未丢失,而是投影在了黑洞的视界。虚实的界限就此模糊。在旁观者看来,坠入奇点的他已成为黑洞视界上无形无质的信息;对他自身来说,身为信息和身为物质实体并没有任何区别。以他坠入奇点后的视角来看,其实分布于视界的信息才是真实的存在,而那个三维的实体不过是信息的投影,因此万物的虚实不过是一枚硬币的两面。

于是,当整个宇宙的物质和能量都汇入泰坦之中,泰坦便记录下了整个宇宙古往今来的所有信息。然而,能被还原的那部分信息万中无一。毕竟,在漫长的时间里,几乎所有粒子都因位置和速度的改变而拥有过许多种物理状态，泰坦的视界所还原的只是其中一种状态而已。这一切反映在宏观层面，便意味着组成一个杯子的众多粒子可能被还原成了一个完整的杯子，但更可能被还原成一堆分崩离析的碎片或者风化后的尘土。因此，当他被投影到黑洞视界，他本应见到一个混沌而支离破碎的世界，然而眼前的一切却是如此井然有序而又生机盎然。

"因为宇宙很大，生命更大。生命是宇宙存在的唯一目的。"他在亿万年前相识的姑娘来到他身旁，捧起了一把白色的细沙，"当萌发于一个奇点的宇宙重新在一个奇点汇聚，它便还原出了曾经诞生过的所有生命。"话音未落，他的指尖传来了细沙摩挲皮肤的感受，然而掌中却空空如也。

与此同时，他感受到来自另一具躯壳的陌生而又熟悉的心跳。

"他们都在这里，除了你还在游荡。"姑娘说。随后他听见了数以万亿声问候，来自在人类文明中曾经存在过的每一个人。"谢谢你。"他说，"否则我将永远游荡。""不。"姑娘抬头，看向他头顶上方的天空，"指引你的另有其人。"他顺着姑娘的目光，看见空中悬挂着两个熟悉的天体。另一个地球，犹如一颗蓝色的弹珠，银色的月亮绕着它周而复始地旋转。

他从姑娘的心智里读到了一段悠长的历史："曙光号"

分裂后，在太阳系生活的一代又一代人类从星际物质中逐渐还原出未被人类文明染指的地球，而原本的地球早已被伽马射线暴粉碎；这份地球的拷贝被封装在无形的力场中，被安然无恙地保存至宇宙的黄昏，直到被泰坦吞噬，亦同样被泰坦保留。在泰坦表面为他留下信息的，是"曙光号"分裂时选择留在太阳系的那一代人——他们陆续在泰坦的视界复活，并发现了唯一一个尚在泰坦之外漂泊的人类。

双眸之后，无数双眼睛豁然睁开。

无穷无尽的视角一层又一层地打开，他的心智正与不计其数的生命体水乳交融。于是他开始重新认识宇宙间萍水相逢的过客：给人类以警示的真菌、拯救他的纸带智能、将亿万星辰化作四维画的画师……而对他们的感知，他全都感同身受。与此同时，在泰坦的视界上，所有彼此感应的心灵共同投影出一张他此前远未穷尽的宇宙图景。涌现现象，复杂系统，自组织形态——当数量庞大的个体相互汇聚，新的属性或规律往往会突然在整体的层面上诞生。当宇宙中的所有生命都汇聚在一个体积无穷小的奇点时，那犹如恒河沙数般的心智便凝聚成了规模空前的整体性架构——终极的心智宇宙，其规模达到了纯粹而又绝对的无穷。

那么，生命是宇宙的目的，是有限的宇宙将自己扩展至无穷的方式。尘封的记忆逐渐浮现,关于滑阻、苏妍、伯恩、伊桑·楚……还有大变革。他惊讶地发现:在这个无垠的心智宇宙里,涌现者和布雷克沃终于握手言和。站在涌现者的视角,他逐渐理解了布雷克沃其实并没有那么不可理喻——他其实找对了道路,却走错了方向,但宇宙最终宽恕了他犯下的所有错误。当整个宇宙已然薄暮冥冥,几乎所有物质和能量都凝结在了一个体积无穷小的奇点之中,在视界上,无垠的心智宇宙正迎来其破晓时分。

"宇宙很大,生命更大。你们还有许多东西需要了解。"姑娘说着,反身走向了那片浅海,身影逐渐模糊。不,她……并不是她。从他的心智深处,正逐渐涌现出其真实的身份:一个来自本宇宙之外的生命,模拟成了她的样子,而真正的她尚在数十亿光年之外。这也就意味着,在宇宙之外,还有其他的宇宙,在那些宇宙里,同样结出了心智宇宙的果实。

多元宇宙,或者说平行宇宙……曾几何时,他曾认真思考过这些事儿。而当发源于各个多元宇宙的众多心智宇宙融合成统一的整体,到底又会发生什么?他忽然觉得往后漫长的岁月一下子变得仓促起来,他所期待的更宏伟的融合也许在宇宙陷入永夜之前都不会发生。共鸣也就在那一刻随之而来。他看见心智宇宙的表面泛起许多细碎的分形结构,又听见在无垠空间中缭绕的窃窃私语。随后一双全然陌生的眼睛在他的眼睑之后眨动了片刻,于是,在那片远方之外的远方,他正好奇地凝视着自己的笑容。